伯爵家八男はみんなの役に立ちたい！
The earls EIGHT MAN
～魔族の力とチート魔法【育成進化】で内政も防衛も無双しちゃいます！～
六志麻あさ
Illust. riritto
追放先が危険な場所でも、
みんなが一緒なら頑張れる！

CHARACTERS
ARC
アーク
魔族の血を引く
伯爵家八男
SIERRA
シエラ
アーク付きの
万能メイド
MOF
モフピー
スキル【育成進化】の
精霊

ロクサーヌ
狐獣人で
魔境の村長代理
エリオット
5歳の
超天才魔術師
ジルフェ
伯爵家お抱えの
凄腕魔法騎士

「君のような友だちがいて、僕は幸せだよ」
「ふふ、エリオットさん、お顔がにやけていますよ」
「は、はあ!? な、な、何こっぱずかしーこと真顔で言ってんだよ!
恥ずかしいから言うなよ、そういうの! あー恥ずかしい!」

伯爵家八男はみんなの役に立ちたい！
~魔族の力とチート魔法【育成進化】で内政も防衛も無双しちゃいます！~
六志麻あさ
Illust. riritto

目次

1章　魔境へ追放

それは平和でのどかな村の風景――。

「今日は『掃除機』を作ってみようか」

「掃除機……ですか？」

僕の言葉に、メイド服の美少女……シエラが首をかしげた。

「なんですか、それ？」

「えーっと、自動的にゴミを吸い込む力を備えた機械……いや、魔道具だよ」

説明する僕。

前世の現代日本ではありふれた道具だけど、この異世界ファンタジーの人間にとっては未知の道具だ。

「ゴミを……自動的に吸い込む？」

シエラは驚いたように目を丸くした。

「うん、見てて」

僕は地面に置いた箒《ほうき》に向かって手をかざした。

「【育成進化】を発動――箒を『掃除機』に【進化】させる」

ヴ……ンッ。

ほどなくして、箒は掃除機に変わった。

長細いヘッドにホース、そして本体。

そう、それはまさに現代日本のご家庭にだいたい一台はある、あの掃除機そのままのフォルムだ。

「えーっ⁉　な、なんですか、これ⁉」

「こうやって使うんだ」

僕はホースを持ち、本体のスイッチを入れた。

うぃぃぃ……ん。

作動音とともに、どんどんゴミを吸い込んでいく掃除機。

おお、なかなかの吸引力だ。

「すっごーい！　便利ですね！」

シエラが歓声を上げた。

「シエラ、いつも掃除が大変そうだから」

「優しいんですね、アーク様」

シエラが嬉《うれ》しそうに目を細めた。

「ありがとうございます」

――この力があれば、みんなが喜んでくれる。

僕は、もっとこの力を役立てて――僕自身とみんなが幸せに暮らせる場所を作ってみせる。

領主である、この僕が。


それより遡《さかのぼ》ること、二か月――。

かしん、かっしーん。

広大な屋敷の中庭に木剣同士のぶつかる乾いた音が響く。

「はあっ！」

僕の繰り出した一撃が、女騎士の木剣を弾き飛ばした。

「や、やった、一本だ！」

「見事だ、アーク」

指南役の女騎士――リーシャ・フェロンが嬉しそうに微笑《ほほえ》む。

長い金色の髪に青い瞳、凛々《りり》しい顔立ちの美女だった。ちなみに三十一歳独身。

五歳のころから彼女に剣の指導を受けているけど、こうやってまともに一本を取れたのは初めてだった。

三年近い努力が報われた気がして、すごく嬉しかった。

「ありがとう、リーシャ。君がいつも教えてくれるおかげだよ」

にっこりと笑い、礼を言う僕。

「これからも——ご指導よろしくお願いします」

「その謙虚な姿勢があれば、もっと強くなれるさ」

リーシャが微笑む。

「さすがはフロマーゼ伯爵の血筋だな。お前は優れた剣の才能を持っている。しかも、その才能に溺れず努力を怠らない」

僕、アーク・フロマーゼは大貴族であるフロマーゼ伯爵の八男だ。

銀色の髪に青い瞳、自分で言うのもなんだが非常に愛らしい容姿をしている——と誰もが言ってくれる。

現在七歳の僕は毎日剣と魔法の修行に加え、歴史や文化、政治、経済など様々な勉強、さらに礼儀作法の訓練など毎日ハードスケジュールだった。

「あはは、父上に認められるような優秀な子どもになりたいからね」

僕は照れながら笑った。

「これからも指導よろしくお願いします」

あらためて彼女に一礼した。

「ああ、その調子でさらに腕を磨け。きっと伯爵もお前のことを認めているさ」

「だといいんだけど……」

僕はそこで外壁にかけられた時計が十時を指そうとしていることに気づいた。

「……と、そろそろ勉学の時間だ」

僕は額の汗をぬぐった。

「いつもながら大変だな。まだ七歳だというのに……」

「もうすぐ八歳だよ」

「七歳も八歳も私から見れば、小さな子どもだ」

リーシャが言った。

「名門フロマーゼ家の一員として恥ずかしくないようにがんばらないといけないからね」

僕は苦笑した。

「じゃあ、行ってくる」


僕は、転生者だ。

前世は現代日本でサラリーマンをしていた。

勤めていたのは、いわゆるブラック企業。で、死んだ理由は詳しく分からないんだけど、直前の状況から考えて、どうやら過労死したみたいだ。

まあ、死んでもおかしくないレベルの仕事量に加え、苛烈なパワハラも常態化していたからね……。

で、次に意識が覚醒《かくせい》したとき、僕はフロマーゼ家の幼児だった。

だいたい三歳くらいだろうか。

そこから僕は、我ながら努力したと思う。

理由は——みんなが喜んでくれるから。

前世では、周りがこんな反応をすることなんてなかった。

僕は、どこまでも凡庸な人間だった。

勉強でもスポーツでも人より秀でているものなんてなかった。就職したのは三流の企業で、しかもブラックだった。

仕事で誰かに褒められるようなことは一度もなく、ひたすら罵倒と叱責を受ける日々だった。

僕は……誰かに褒められることを欲していた。

誰かに認められたかった。

誰かに受け入れられたかった。

だから、ここでの日々は楽しかった。

僕が何かを上手《うま》くできると、みんなが褒めてくれる。もっと上手くできるようになると、みんなが喜んでくれる。

そんなみんなの反応が見たくて、僕は努力した。

前世の何倍も努力した。努力できた。

それはひとえに前世との『努力するモチベーション』の差が圧倒的に大きかったからだ――。


「ふう、今日の勉学の授業は終わり」

僕は机の前で大きく伸びをした。

勉学の時間が終わり、次は魔法の修行の時間だ。

「がんばるぞっ」

気合いを入れ直す。

剣も勉学も大事だけど、魔法に比べればその重要度はずっと劣る。

魔法の名門であるフロマーゼ家にとって、もっとも重要なのは魔法能力だ。

実際、上の兄たちはいずれも強力な魔法を使う。

それに対して僕は――。

「落ちこぼれ、だよなぁ……」

ため息がもれた。

この世界の魔法は大きく分けて二種類ある。

一つは『汎用魔法』。

魔術師なら誰でも使える基礎的な魔法だ。

そしてもう一つが『固有魔法』。

名前の通り、その術者にしか使えないオリジナルの魔法だった。

魔術師の実力というのは、おもにこの固有魔法によって左右される。

強力な、あるいは効果の高い固有魔法の持ち主ほど優れた魔術師とされているのだ。

で、フロマーゼ家の人間は代々優れた固有魔法を持っていることが多い。

ゆえに魔法の名門貴族とされているし、当主になる者は特に優れた固有魔法を持っていることが求められる。

ひるがえって、僕はというと――。

「さあ、アーク様。魔法の授業を始めましょうか……」

露骨にやる気のない様子の中年男が言った。

彼はガンケルー。僕の魔法の教師をしている男だ。

なんでも、昔はとある国の宮廷魔術師をしていたとかで、父が僕の魔法の家庭教師として雇ったのだ。

だけど、僕に魔法の才能がなさそうだと感じたとたん、彼のやる気は急降下した。

『ハズレ』を引いたと言わんばかりに……。

「はあ、他はみんな魔法の才能があるらしいのに、なんで俺だけこんな奴《やつ》を教えなきゃいけないんだ……」

ため息をつくガンケルー。

……聞こえてるんだけどね。

いちいち抗議しても仕方ないし、僕に魔法の才能がないのは事実だ。

だから、努力するんだ。

才能に恵まれなかった以上、努力で補うしかない。

練習あるのみ！

「固有魔法発動――」

僕は気合いを入れ直し、魔力を集中させた。

日課である魔法の授業だ。


『対象の形状が三センチ伸びました』

『対象の硬度が一パーセント上がりました』

『あと百日経過で、さらに形状が２センチ伸び、硬度も３パーセント上昇します』

頭の中にそんな声が響く。僕の場合、固有魔法を発動すると、その効果がアナウンスされるのだ。便利。

「……でも便利なのはいいけど、ほぼ変わってなくない？」

僕は眉根を寄せた。

時間をかければ、さらに強化されるみたいだけど……。

まず時間がかかりすぎるのが難点だし、強化される度合いも大したことがない。

これが――僕の【育成進化】だった。

要は【育成】部分も【進化】部分も、全然大した効果がないのだ。

昔は、僕自身の魔法能力を鍛えることで、この二点がもっと効果アップしていくんだと思っていた。

けれど、魔法の修行を始めて数年が経つというのに、この二つの効果は当初からほぼ変わっていない。

「やれやれ……いつまで経っても成長しませんな」

ガンケルーが露骨にがっかりした顔をした。

「まあ、魔法の才能というものは生まれてから二、三年のうちに決定されるもの……今さら努力したところで凡才は凡才――おっと、独り言ですぞ」

明らかに僕に聞かせるつもりで言ってるよね……。

悔しいけど言い返せない。

僕が凡才なのは事実だから。

「アーク様は兄上たちとは違って、魔法の才能には恵まれなかったようですな」

追い打ちをかけるようにガンケルーがため息をついた。

その視線にはあからさまな失望感が宿っている。お前には何も期待していない、と言わんばかりの――。

そう、前世の上司がちょうどこんな感じの視線で僕を見てたっけ。

なんだか、気分が沈んだ。

「少々口が過ぎるのではありませんかな、ガンケルー殿」

と、七十歳くらいの老人がやって来た。

オールバックにして後ろでくくった髪に、厳《いか》めしい顔つき。年齢を感じさせないシャキッとしたたたずまい。

執事のゴードン・ギアリーだ。

「……ゴードン殿」

ガンケルーは露骨に嫌そうな顔をした。

「アーク様は毎日努力なさっておいでです。魔法はもちろん、剣術も、勉学も、礼儀作法などその他の授業も――」

「結果がすべてでしょう。いくらがんばっても結果が出なければ」

「それはいささか短絡的かと。たとえ現在の結果が芳《かんば》しくなくとも、アーク様は努力を重ね、いずれ結果を出すために日々を過ごしておいでです。それを後押しすることこそあなたの役目では」

「ぐっ」

「決してアーク様を非難し、あるいは侮蔑《ぶべつ》することが役割ではないと思いますが？」

「ぐぐぐ……」

傍若無人なこの男も、伯爵家に長年仕えたゴードン相手には強く出られないらしい。

「わ、私はただ……アーク様の精神面を鍛えるために、あえて強く申しているのです。魔法の力とは、すなわち精神の力ですから……」

「もっともらしいことを言っておりますが、アーク様の担当が不満で仕方ないというのが本音でしょう？」

ゴードンがまっすぐ切り込む。

「そんなに不満なら、ワシの方からフロマーゼ伯爵に口添えしましょうか？」

「い、いや、それは――ご勘弁を」

自分から職を降りたいと申し出るのは、自分の能力不足だと受け取られかねないからだ。

その不満を、僕に対するイヤミという形でぶつけるのは勘弁してほしいけれど……。

「そ、そろそろ授業の時間も終わりですので、私はこれで失礼します」

ガンケルーは逃げるように去っていった。

「……ありがとう、ゴードン」

正直スッとした。

「ワシは何も。ただ彼のやり方が気に入らなかっただけです」

こともなげに言って、ゴードンも一礼して去っていった。


「うーん……いつまでたっても固有魔法が全然成長しないなぁ」

僕はため息をついた。

魔法の授業が終わった後は、いつもこんな気分だ。

ガンケルーのイヤミのせいで凹《へこ》んでるんじゃない。魔法の能力が全然成長しないこと自体が、僕の最大の悩みだった。

「アーク様はまだ七歳ですもの。まだまだこれからですよ」

屋敷の家事メイドを務めるシエラ・キリルがタオルで僕の頭や頬、首筋などをぬぐいながら、優しく慰めてくれた。

綺麗《きれい》な長い黒髪に黒い瞳の彼女は十六歳。一見地味だけど、よく見ればとても美しい容姿をしていて、清楚《せいそ》なメイド服がよく似合っている。

「もう七歳……すぐに八歳になるよ。魔法の成長はせいぜい五、六歳くらいまでだ。僕には固有魔法の才能がないんだよ」

「アーク様……」

落ち込む僕に対し、シエラは首を左右に振った。

「仮にそうだとしても、アーク様は剣や勉学で優れた才能をお持ちですし、何よりもそのお人柄でたくさんの者に慕われています。もちろん私も――」

「この家で大切なのは固有魔法だよ、シエラ」

今度は僕が首を左右に振る番だった。

「正直、焦ってるんだ。もしかしたら父は僕を切り捨てるかもしれない」

「もう、そんなことあるわけ……」

言いかけたシエラは、僕の顔を見て口をつぐんだ。

冗談や軽口ではなく、僕が本気で言っていることを悟ったんだろう。

父のことは――敬愛している。

前世の父はモラハラ気味で、正直あんまりいい思い出はないんだけど……こっちの父であるフロマーゼ伯爵は公正で有能だ。

立派な人物だし、事実、多くの人から尊敬を集めていると思う。

ただし、公正ではあっても慈愛は薄い。

他人に対して公平な評価を下し、有能な者は出自などで差別せずに取り立てる一方で、無能な者を冷徹に切り捨てる一面がある。

そして、その『切り捨てる対象』には近しい者も含まれている。

そう、家族でさえも……。

「僕もいつか切り捨てられるんじゃないかと不安なんだ」

「アーク様」

シエラも真剣な表情になる。

「たとえ何があっても、私があなたの側におります。どんなことがあっても、ずっと味方です」

言って、彼女は僕を抱きしめてくれた。

「シエラ……」

幼いころから、シエラにはこうやって数えきれないくらい抱きしめてもらった。父からもらえなかった『親愛』を、僕は彼女からたくさん——本当にたくさんもらっているんだ。

「ありがとう、シエラ。なんだか元気が出てきたよ」

「よかった。私でよければ、いつでも抱っこしますから」

「抱っこって言われると、子どもみたいだな……」

「子どもですよ、アーク様は。私より九つも年下じゃないですか」

シエラがにっこり笑った。

「みんなに甘えていいんです。必要以上にしっかりしなくてもいいんです。貴族の御子息でも……アーク様はまだ七歳の子どもですから」

「シエラ……」

「だからアーク様には、もっと楽しく過ごしてほしいです。今から将来の不安なんて抱かず、子どもらしい楽しい毎日を過ごしてほしいと、シエラが願っております」

「……うん、そうだね」

よし、楽しい日々を過ごそう。

将来の不安は一旦置いておいて。

「シエラ、遊ぼう！」

「はい！」


「でも、やっぱり将来は不安なんだよね……もっと力を磨かないと」

僕は悩みながら屋敷の廊下を歩いていた。

夕方の四時。今日の訓練を一通り終えて、夕食までの一時間弱は自由時間だ。僕にとって数少ないフリータイムだった。

「お悩みですか、アーク様」

と、前方から一人の青年が歩いてくる。

艶やかな黒髪に黒い瞳、氷の彫像を連想させる美しい青年だ。スラリとした長身に黒い騎士服を身に着けている。

魔法騎士ジルフェ・ランドール。

彼はもともと父の護衛を務める私設の『魔法騎士隊』の一員なんだけど、今は僕の護衛をするためにこの屋敷に派遣されている。

「うん、ちょっと僕自身の魔法能力のことで」

ジルフェに打ち明けてみた。

この館で魔法を使えるのは、僕を除けば、彼とガンケルー、あと一人くらいだ。

基本的に魔術師は数が少なくて貴重なので、父のお抱え魔術師はみんな父の直轄領地に常駐している。

だから魔法について具体的な相談をできる相手は、彼くらいしかいない。

もう一人は……まあ、相談事にはあんまり向いてない感じだし。

「ねえ、どうしたらジルフェみたいに強い攻撃魔法を使えるかな？」

「攻撃魔法……ですか？」

ジルフェが首をかしげた。

「アーク様の固有魔法は攻撃系ではなかったかと」

「うん。でもやっぱり攻撃魔法の方が派手だし、見栄えもするでしょ？」

ジルフェは『見栄えのために魔法を習得してどうするんだ』なんて説教をするタイプじゃない。だから安心して本音を打ち明けられた。

「……なるほど、お父上にいいところを見せたいのですね」

即バレだった。

と、

「見て、あれ……ジルフェさんよ」

「あいかわらず素敵ぃ〜」

「凛々しいです……無限に推《お》せます……」

メイドたちが遠くからこちらを見ていた。

ヒソヒソ話しながら、ジルフェに熱い視線を送っているみたいだ。

「それにアーク様とご一緒なのが、またいいよね……」

「美少年と美青年……絵になるぅ〜」

「二人のカップリングは萌《も》えます……無限に推せます……！」

「あいかわらず人気あるなぁ、ジルフェは」

僕とのカップリングうんぬんは聞かなかったことにしよう、うん。

「いえいえ」

ジルフェは爽やかに微笑んだ。

「人気というならアーク様こそ。いろいろな方に好かれていますよ」

「えっ、そうなの？　でも、それは僕が貴族の子どもだからでしょ？」

「そうですね。あなたの身分に魅力を感じ、惹《ひ》かれる者もいるでしょう」

と、ジルフェ。

『そんなことはありませんよ』とお世辞でも言うのかと思ったら、意外な答えだった。

だけど、そうやって正直に言ってもらえた方が気持ちがホッとした。

「だよね……僕は貴族だから」

「ですが、身分ではなく『アーク・フロマーゼ』という個人に対して好感を持つ者も少なからずいますよ。私もそうです」

「ジルフェ……？」

「いつも素直で、ひたむきで、他者に優しく、他者の幸せを願うことができる――そんなあなたを好いている者もいることを忘れないでください」

ジルフェが優しく微笑んだ。

「そして、あなたが他者に対して思うのと同じく、私たちもまた、あなたの幸せを願っているのです、アーク様」

「や、やだな……そんなふうに言われると照れるよ」

僕は苦笑いした。

「先ほどの話に戻りますが」

場所を移動し、僕らは訓練室に入った。

訓練室といっても普通の部屋とは大きさがまったく違う。だいたい体育館くらいの広さだった。

剣や体力の基礎訓練に加え、魔法の訓練も行える、総合的な訓練場だった。

これが僕一人のために作られた場所なんだから、さすが大貴族という感じがする。

「アーク様の資質はあくまでも固有魔法の【育成進化】です。大別すればこれはクラフト系——物質を作成したり、変化させたり強化したりといった魔法に属します」

ジルフェが説明する。

「攻撃魔法を身に付けたいなら、各人が独自に使える『固有魔法』ではなく、魔術師なら誰でも使える『汎用魔法』を鍛えるしかありません。ですが——魔術師にとっての本領はやはり『固有魔法』です」

「僕には攻撃魔法は向いてない、ってこと？」

「左様です」

ジルフェがうなずいた。

「アーク様のご希望は承知しましたが、あなたの一番の目的は優秀な魔術師になることでしょう？　それがひいてはお父上からの評価にも直結します」

「……だね。こだわりを捨てて、まずは固有魔法を徹底的に磨くのが吉、かな」

「それがよいでしょう。アーク様は聡明《そうめい》ですね」

「えっ？　そんなことないよ。ジルフェの説明を聞いたら、他に答えなんてないでしょ？」

「ですが、その答えから目を背け、理屈よりも自分の感情を優先する者の方が多い——特にアーク様のご年代ではそうでしょう」

「僕は優秀な魔術師になりたいんだよ。そのために最適な道を進みたい」

僕はジルフェに言った。

「もう七歳だからね。魔術師としての評価はすでに定まりつつある。正直、僕は焦ってるんだ」

「では、私なりにできる限りのお手伝いをさせていただきます」

ジルフェは恭しく一礼した。

「この訓練室で、ちょっとした魔法をお目にかけましょう」

ん、なんだろう?

待つことしばし——。

「クラフト系の魔法でアーク様の遊び道具を作ってみました」

「これは?」

輪投げ……に見えるけど、構造が異様に複雑だ。

ジルフェの『固有魔法』は攻撃魔法なので、これは『汎用魔法』の方で作ったんだろう。

固有魔法に比べて威力や効果などが落ちる汎用魔法だけど、さすがにジルフェは一流の魔術師だけあって、見事な細工だった。

「大回転エビ反り三回ひねり型輪投げです」

「……なんかすごいネーミングだね」

「お祭りの夜店で見かける『輪投げ遊び』に私が魔法的な仕掛けを施しました。輪の動きがダイナミックなので、お子様に好評ですよ」

ジルフェがにっこり笑った。

「まずはこれで遊んでみましょう」

「魔法の訓練に関係があるんだね？」

「リラックスと集中――魔法において大切なこれらを遊びを通じて養います」

と、ジルフェ。

おお、なるほど。

「それと、アーク様にはあまり張り詰めすぎず、純粋に遊んでほしいとも思っております。これは私個人の願いですが……」

「ジルフェ……」

彼の笑みに含まれる優しさを感じ取り、僕は胸が熱くなった。

「ありがとう」

じゃあ、さっそく遊んでみるか。

「えいっ」

僕は標的に向かって輪を投げてみた。

ぐるぐるぐる……ぐるりんっ！

「うわ、すごい動きした⁉」

物理法則に逆らいまくって回転する輪っかは、僕の狙い通りの標的にはまる。

「おお、これ面白い！」

「喜んでいただけると私も作成した甲斐《かい》があります」

「ジルフェって戦うための魔法技能以外にも、こういうこともできるんだ」

多才な男だ、と感動する僕。

「なんだよ、なんだよ、面白そうじゃねーか」

と、窓の外から一人の少年が飛んでくるのが見えた。

飛行魔法――。

彼は屋敷にいる中で、ジルフェ以外に唯一の魔術師――エリオット・グレンバルトだった。

弱冠五歳にして、すでにA級認定を受けている天才魔術師だ。

「ガンケルーだけじゃなくてジルフェにも教えてもらってるのか？　努力家だな。まあ、お前は俺様と違って魔法の天才じゃないからな、ははっ」

外見こそ金髪碧眼《へきがん》の綺麗な顔立ちをしているけど、態度は生意気そのものだった。

ただ、不思議と憎めない。たぶん、彼の根が素直だからなんだろう。

僕にとって唯一の年下の友人であり、この屋敷の中で一番年齢が近い相手でもある。

だから気を張らずに話すことができるんだ。

「せっかくですから、エリオットくんも加わりませんか？」

ジルフェが窓の外を飛んでいるエリオットに手招きした。

「ん？」

「輪投げゲームだよ。ジルフェが作ってくれたんだ」

僕が言った。

「ゲーム？　やるやる！」

エリオットは目を輝かせて降りてきた。やっぱり、この年頃の男の子ならゲーム大好きだよね。

エリオットは窓から直接入って来て、僕らの側に着地する。

「へへ、簡単そうじゃねーか」

「じゃあ、投げてみる？」

「おうよ」

僕から輪を受け取ったエリオットは、それを投げつけた。

ぐるんぐるんぐるん！　ぶおおお〜んっ！

ものすごい軌道を描き、輪っかは空中高く飛んでいってしまった。

たぶん——百メートルくらい上空まで行ったよね、あれ。

「な、な、なんだこりゃあ⁉」

エリオットはびっくりしているみたいだ。

というか、僕もびっくりした。

さっきは、あそこまでとんでもなく飛ばなかったからね。

「うおおお、おもしれぇ！」

エリオットが目を輝かせる。

「もう一回やる！　もう一回やる！」

虜《とりこ》になってしまったみたいだ。

「はい、どうぞ」

僕はなんだか嬉しくなってエリオットに新しい輪を渡した。

「喜んでいただけて何よりです」

ジルフェも嬉しそうに微笑み、一礼した。


こんな風にして——毎日が過ぎていく。

勉強や鍛錬の時間が多くて、七歳とは思えないハードモードではあるんだけど……不思議と苦に感じない。

それはきっと周囲の人たちが温かいからだと思う。

みんな優しくて、いい人たち。

僕にとって大切な家族同然の人たち。

この人たちとずっと一緒に暮らしていけたら――。

いや、暮らしていくんだ。

ここが僕の居場所になればいいな、と願い、僕はその後も勉強や鍛錬に励んだ。

居場所を守り続けるためには、結局のところ僕が有能な人間にならなくてはならない。伯爵家の一員としてなくてはならない人材にならなければならない。

じゃなければ、父は僕を切り捨てる。

そういうシビアさを持った人だと、僕は気づいていた。

だから、僕は今日も、明日も、その次の日もずっと――。

自分の力を磨き続ける。


――けれど『その日』は突然やって来た。


それは僕が八歳の誕生日を迎えた翌日のことだった。

「『魔境』と呼ばれる場所を知っているか、アーク？」

「はい、父上」

父であるフロマーゼ伯爵の問いに、僕はうなずいた。

『魔境』――。

フロマーゼ伯爵領の北端にある王国辺境地域で、周囲を森林や険しい山岳、海に囲まれ、無数の魔獣が出没する場所だ。

まさにその名の通りの『魔境』であり、名前もない小さな村が一つある以外には人間がほとんど住んでいない土地だった。

他国とも接しておらず、国防においても重要拠点とは程遠い場所。

だから、今までは適当な者が名目上の領主になり、実際にはほとんど放置状態だったと聞いている。

「その『魔境』の領主を務めている者が病に倒れてな。後任を探している」

嫌な予感がした。

「後任……ですか」

「お前を派遣しようと思っているのだ、アーク」

あちゃー。

僕は内心で頭を抱えた。

これはもう体《てい》のいい追放だ。

そういえば前世の会社でも懲罰的に地方異動をさせられた先輩がいたなぁ。嫌なことを思い出してしまった。

「何か申し立てはあるか、アーク？」

「……いえ、父上のご命令に従います」

僕は一礼した。

父は――フロマーゼ伯爵はこの家の『絶対君主』といっていい存在だ。僕に拒否権なんてあるわけがない。

「では、さっそく準備をせよ。出立は三日後だ」

随分と急な話だなぁ。

せめて、もう少し準備期間が欲しい。ますます前世の懲罰異動を思い出してしまう。

「返事は？」

「分かりました、父上。準備いたします」

僕は従順にうなずくしかなかった。


父から追放……じゃなかった、領主になるよう命じられた僕は、力のない足取りで自室に戻った。

「アーク様が『魔境』の領主に⁉」

「うん、僕もいよいよ領主様になるらしいよ、はは」

驚くシエラに、僕は苦笑交じりに言った。

「今まで本当に世話になったね。ありがとう」

と、彼女に向かって深々と頭を下げる。

「何を仰《おっしゃ》るんですか！　私も一緒に参ります！」

「えっ」

「えっ」

僕らはしばらくの間、見つめ合った。

「一緒にって……？」

「……まさか、私を置いていくつもりだったんですか？」

シエラがジト目で僕をにらんだ。

「むー、冷たいです」

「い、いや、だって『魔境』だよ？　めちゃくちゃ危険だよ」

「私はアーク様付きのメイド。たとえ地獄であろうと、お供いたします」

焦る僕に、シエラはドヤ顔で主張する。

「いや、やっぱり危険――」

「アーク様……っ！」

シエラが詰め寄ってきた。涙目だ。

「シエラ……？」

「置いていかれるのは……嫌ですっ！」

怒っている。

生まれたときからの付き合いだけど、彼女が本気で怒った顔を僕に見せるのは、きっと初めてのはずだ。

「……分かった。けど安全には十分に気を付けるって約束してくれ」

「承知いたしました。でも大丈夫ですよ。私にはメイドサバイバル術とメイド護身術がありますから」

それ、ただのサバイバル技能と護身術では？

僕が次に報告に行ったのは、リーシャだった。

ちょうど剣の修行の時間だったため、彼女に会うなり『魔境』の領主着任のことを話したのだ。

「『魔境』に着任？」

「うん。だからリーシャに剣を教えてもらうのも、これで終わりになるかと――」

「……終わりだと？」

リーシャにジロリとにらまれた。

「ふざけるなよ。お前には剣の才能がある。まだまだ教え足りないな」

「いや、だって僕はもうここには滅多に帰ってこなくなるし……」

「ならば、私が『魔境』に行こう」

リーシャはこともなげに言った。

「えっ？」

唖然《あぜん》とする僕。

「いやいやいやいや、リーシャは伯爵家の騎士隊を束ねる隊長でしょ。ここを離れるのはまずいと思うよ？」

「我が騎士隊には優秀な人材が多くいる。私一人が抜けても問題あるまい」

と、リーシャ。

「それよりもアークには素晴らしい剣の才能がある。その修練の途中で、指南役を終えるなどあまりにも心残りだ……っ」

力説された。

「ゆえに、私が『魔境』に行く。今から当主様の許可をもらってくるので」

「えっ？　ま、待って、リーシャ」

「しばし待て」

言って、すごいスピードでリーシャは走り去っていった。

「……言い出したら聞かないなぁ」

僕はため息をついた。

――十分後、リーシャは戻ってきた。

「早っ⁉」

「やったぞ……当主様の許可を取りつけた、うふふふふふ」

「なんでそこまで執念を燃やすの、リーシャ⁉」

「先ほど言った通りだ。お前には剣の天分《てんぶ》がある。私はそれを自分の手で育ててみたい――ふふ、一人の剣士としての我がままさ」

リーシャがニヤリとした。

「リーシャ……」

僕は首を左右に振った。

「でも、僕が行く場所は危険な『魔境』だ。そんな場所までついてきてもらうわけにはいかないよ」

「危険なら、なおのこと私の腕が必要だろう」

リーシャが言った。

「強いぞ、私は」

「うん、それはよく知ってる」

まあ、頼もしいといえば、これほど頼もしい人はいないんだけど……。

いいのかなぁ。


……結局、シエラに続き、リーシャにもついてきてもらうことになった。

彼女の剣の腕は確かだし、やっぱり心強い。

「ふふっ」

つい笑みがもれてしまった。

最初は二人についてきてもらうのは申し訳ないと思っていたけど、いざ一緒に行くことが決まると、やっぱり喜びや安心感があった。

「アーク様」

と、廊下の前方から一人の青年が歩いて来た。

「ジルフェ……」

彼は僕の元までやって来て、微笑んだ。

えっと、この流れはまさか――。

「この私もお供させてもらいますよ」

そのまさかだった。

「で、でも、君は父上の護衛でしょ。しかも父上からの信頼がすごく厚いはず――」

「その伯爵からのご命令なのです」

ジルフェは恭しく一礼した。

「父上の……？」

「伯爵はこう仰ってましたよ。『やはりアークだけでは心配だ。お前が行って手助けせよ』と」

「父上がそんなことを……!?」

僕は目を丸くした。

「信じられない――」

「あの方は、あなたの父なのですよ、アーク様」

ジルフェが顔を近づけ、僕をジッと見つめる。

「父が子を思い、心配するのは道理ではありませんか」

「いや、でもあの父上が……」

「あの方は、あなたが想像しているよりもずっと――あなたのことを思っていますよ」

「なら、どうして『魔境』送りに……」

「そこはそれ、あなたに成長してほしいという気持ちであったり、あとはまあ――示しがつかないからでしょう」

「示しが……」

「低級の魔法能力しか持たないあなたを側に置いておくのは、ということです」

「……はっきり言うね」

僕は苦笑した。

対するジルフェは真面目な表情で、

「嘘でごまかして慰めてほしかったのですか？」

「いや、本当のことを言ってくれた方がすっきりするよ。ありがとう」

僕はにっこりと笑った。

「素直で謙虚なところは、あなたの大いなる美徳ですね、アーク様」

ジルフェが微笑みを返した。


「これで三人……か」

ジルフェと別れた後、僕は自室に戻った。

と、ドアの前に一人の老執事が立っている。

ゴードンだ。

「当然、このワシもお供しますよ、アーク様」

「ゴードン⁉」

僕は思わず声を上げた。

まさか、彼までついてこようとするとは思っていなかった。

「執事として当然ではありますが、いちおう申し置こうかと」

「いや、でもゴードンも年だし……『魔境』に行くのは控えた方が」

「なぁに、住めば都ですよ。このゴードン、アーク様のためなら『魔境』に骨をうずめる覚悟」

ゴードンは頑として譲らない。

「でも……」

「アーク様、ワシの残りの人生はあなたに仕え、まっとうしたいのです。人生の締めくくりを、そう在りたいと願っているのです」

「締めくくり……」

僕はうなった。

それがゴードンの望みなら……叶えるべきなのかなぁ。

僕は迷いつつも、彼の申し出を承諾した。

「おお、ありがとうございます！」

ゴードンは感激していた。

「実は、ワシは若いころに傭兵《ようへい》として鳴らした時期がありましてな。いざとなれば、この老骨も魔獣との戦いに力を振るいますぞ」

「い、いやぁ、無理しない方が……」

っていうか、ゴードンが元傭兵なんて今まで聞いたことがないんだけど。

僕に連れていってもらうために、適当な設定を付け足してない？


いよいよ出立の日になった。

「みんな、ありがとう——」

僕はあらためて全員に頭を下げた。

僕の周囲にいた人たちで、一緒についてきてくれるのはわずかな人数だ。

シエラやリーシャ、ジルフェ、ゴードン、他にも同行を申し出てくれた人が何人かいた。

料理、掃除、洗濯係のメイドが一名ずつに、御者と雑用係の男が一名ずつ、さらにリーシャの騎士隊に所属していた若い騎士が三名。

合計で十二名。

あとの者は、僕が『魔境』に行くことを知ってから、急によそよそしくなったり、露骨に距離を取ったりし始めた。

中でもガンケルーは特に露骨だった。

「ふん、ようやくアーク様の家庭教師という役職から解放されますな。まあ、せいぜい新しい領地でがんばってください」

僕と別れるときにせいせいした顔でそう言い放ったものだ。僕に魔法を教える仕事が、よっぽど嫌だったんだろう。

他にも少なからずお世話になった人の中にも、似たような反応をする人はけっこういた。

――まあ、それが現実だよね。

彼らには彼らの人生があるし、落ち目の僕に付き合わせるわけにはいかない。非難するつもりもない。

ただ……正直言って、やっぱり寂しいかな。

逆に、こんな僕に一緒についてきてくれるシエラたちには感謝しかない。

「でも――」

やっぱり気になる。

「僕は落ちこぼれで……当主になれるわけでもないのに、どうして……」

「損得ではありません。私たちはあなたが好きだから……大切に思っているから従うのです」

シエラが言った。

その後ろでリーシャさんやジルフェたちもうなずいている。

「ありがとう……！」

僕はもう一度、力を込めて礼を言った。

胸がジンと熱くなる。

ああ、人の温かみっていいなぁ。

僕はあらためてそう思った。
そして、だからこそ。
「僕、がんばるよ」
行く先が『魔境』と呼ばれる危険な地であっても。実質的には追放であっても。
みんなが一緒ならがんばれる。
僕は、領主としての仕事をまっとうしてみせる――。

こうして、僕は人生の新たな門出を迎えたのだった。

2章　領地防衛戦

「領主って具体的にはどんな仕事をするんだろうね」

僕はシエラと話していた。

馬車の中には、シエラとリーシャ、ジルフェがいる。

あと二つの馬車にはゴードンや三人のメイド、その他の使用人、そしてリーシャ以外の三人の騎士がそれぞれ乗っていた。三台の馬車で『魔境』までの一日近くの行程を進む予定だ。

僕についてきてくれた御者は一人だけなので、残りの二台の御者は『魔境』に到着したら、そのまま伯爵邸までとんぼ返りである。

「うーん……私も詳しくないですけど、やっぱり領地でいろんなことをするんじゃないでしょうか」

と、シエラ。

「いろんなこと……」

「いろんなことです」

「いろんなことだよね」

フワッとした内容の会話になってしまった。僕もシエラも領主の仕事なんて詳しくないしね。

とはいえ、僕の場合はこの後、領主として着任するんだし、『分かりません』じゃ済まされない。ちゃんと前任者から引継ぎを受けたり、今までの書類とかを一通り読みこなしていかないとね。

「ああ、考えると緊張してきた……」

「大丈夫ですよ、アーク様」

ジルフェが優しく言った。

「我々があなたをお支えします。私は以前から護衛の傍ら、あなたのお父上の……フロマーゼ伯爵閣下の仕事を側で拝見してきました。領主の仕事内容もある程度は把握しております」

「本当！　よかった！」

僕はホッとした。

「それに仕事内容ならゴードンさんがお詳しいかと」

「なるほど！　ゴードンにも聞いてみよう」

よかった、頼れる人たちがいて。

と、そのときだった。


ごおおおおおっ……！

突然、窓の外から轟音《ごうおん》が聞こえてきた。

「まさか竜巻……？」

日本にいたときはお目にかかったことがないけど、この国ではたまに竜巻が発生するみたいだ。

とはいえ、滅多にないんだけど――。

「風ではありませんね。何かが空中を飛んでくる音です」

ジルフェが空を見つめた。

「高魔力反応があります。モンスターの類《たぐい》であれば、私が迎撃しますが」

「とりあえず馬車を止めて、確認しよう」

僕はそう指示を出した。


馬車を止め、僕とジルフェが外に出る。

上空に黄金の光点が見えた。

こっちにグングン近づいてくる。

「――って、エリオット!?」

小さな男の子が黄金の魔力のオーラをまとい、空中を飛んできたのだ。

「なるほど、エリオットくんの飛行魔法でしたか……」

つぶやくジルフェ。

と、エリオットは僕たちの前に着地した。

「じゃじゃーん！　超天才魔術師エリオット・グレンバルト様、参上！」

まるで変身ヒーローみたいな決めポーズを取りながら叫ぶエリオット。

「なんで、君がここに……」

「『なんで、君がここに……』じゃねーよ、アーク！　俺様を置いていくな、俺様を！」

エリオットは怒っているようだった。

「だって、これから僕が行く場所は危険が大きいし」

「だからこそ、俺の力が必要なんじゃないか！　この俺がいれば、魔獣だろうが伝説の魔族だろうが、コテンパンの瞬殺秒殺だぜ！」

「はは、あいかわらずだね」

僕は苦笑した。

「でも、やっぱり君は小さな子どもだし……」

どうしても心配だ。

「何言ってんだ。お前だって小さな子どもだろ」

エリオットに言い返された。

「……まあ、確かに八歳だと世間一般的にはそうなんだけど……」

僕はたじろいだ。

どうもエリオットに強く言われると、言い返しづらいんだよな。

といっても、脅されているとか威圧されているとか、そういうのじゃない。

ただ、なんとなく彼の言うことを聞いてあげたくなる……そんな不思議な吸引力がエリオットにはあった。

生意気な言動の割に、彼が周囲から好かれやすいのも、そんな吸引力のおかげじゃないだろうか。

「大体、俺の実力はアークだって知ってるだろ？　はっきり言って伯爵家で一番強いのは俺だ」

胸を張るエリオット。

自信過剰――とばかりは言い切れない。

わずか五歳にしてエリオットの魔法の実力は恐るべきものだ。噂《うわさ》では、国内最高峰の魔法研究機関である中央魔法学院への入学を打診されているんだとか。

「それに……俺には行くところがないし。アークの側に置いてくれ」

ふいに彼が見せた寂しげな顔に、僕はハッとなった。

エリオットには身寄りがない。

彼の天才的な才能を気に入って、父である伯爵が領内の一画に住居を用意し、魔法を学ばせているけれど……そこにいるのは使用人であって家族じゃない。

彼にとって家族に近い存在なのは、きっと僕なんだろう。だから伯爵家に残るより、僕らと一緒にいたい、ってことか……。

「うーん……さっきも言った通り、危険な場所であることに間違いないんだ。ただ、君が実力者であることも事実。だから、とりあえず一緒に来てもらって、やっぱり危険だと判断したら戻ってもらう。いいね？」

「いいぜ。俺様の実力からすれば、危険なんて何もないからな」

ふふん、と鼻を鳴らすエリオット。

生意気と言えば生意気な態度だけど、やっぱり憎めないんだよね。これでこそエリオットって感じがする。

僕はふふっと笑ってしまった。

「へへ、アークも俺が来て嬉しいだろ」

「ん？　そうだね、エリオットは一番年齢が近いし、一緒に過ごせるのは楽しみだよ」

「えへへ……」

エリオットの顔が少し赤らんだ。

照れたみたいだ。

うん、こういうところは、やっぱり五歳の子どもだよね。

八歳の子どもである僕は、そう思ったのだった。

――精神年齢でいえば、僕は普通に社会人なんだけどね。

エリオットを加え、僕らは馬車でさらに進む。

「『魔境』かー、どんなとこなんだろうな」

「ウキウキだね、エリオット」

「なんか、こう……ワクワクしねーか？」

「うーん……僕はどっちかというとドキドキかなぁ。緊張してるし、それに……」

気になるのは、なんといっても魔獣の存在だった。

『魔境』の異名は伊達《だて》じゃない。

村の周囲には、あちこちに魔獣の生息地があるそうだ。

いちおう村は全体を強固な防壁に囲われているそうだけど、それも絶対じゃない。中には、城壁を壊したり乗り越えたりして、村の中に侵入してくる魔獣もいるそうだ。

そういうとき、村人たちは地下に隠れてやり過ごすんだとか。

「私もです。やっぱり怖いですよね……」

シエラが青ざめた顔をしている。

「だよね……」

僕らは反射的に身を寄せ合った。

「なんだよ、夫婦みたいに同じ反応するんだな、お前ら」

エリオットが笑う。

「えっ、ふ、夫婦⁉」

「な、何を言ってるんですか、エリオットくん⁉」

僕らは思わず叫んだ。

シエラは、どっちかというとお姉さんみたいな感じだけど……。

夫婦なんて急に言われると、ちょっとだけドキッとしてしまった。

「まったく、もう……」

シエラも照れたのか、頬を少し赤くしている。

「お二人は魔獣のことを心配なさっているのでしょう」

と、ジルフェが微笑んだ。

「確かに魔獣は脅威だからな」

リーシャが同意する。

「はあ？　お前ら、そろいもそろってビビってんのかよ？」

エリオットが鼻を鳴らした。

「魔獣なんて俺様の必殺魔法で全部蹴散らしてやるから心配すんな。ははは」

自信たっぷりだ。

それからさらに数時間――。

「アーク様、村が見えてきましたよ」

シエラが窓の外を指さした。

そこは――国から名前すら与えられていない辺境の村。

便宜上『名もなき村』と呼ばれている。

村自体は人口百人ほどで、小さな規模の村なんだけど、魔獣の侵入を防ぐため、外周をグルリと城壁で囲っているそうだ。

前方に見えているのは、その城壁だった。イメージで言うとローマのコロッセオにちょっと似ているだろうか。

「――って、あれ?」

城壁の前に巨大なシルエットが見える。

しかも、あれって――。

「城壁に攻撃してる……?」

「――どうやら村が襲われているようですね」

ジルフェが表情を引き締めて言った。

「魔獣に」

「ま、魔獣……!?」

僕は驚きと呆然《ぼうぜん》が入り交じった気持ちで、その光景を見つめていた。

がしいん、がしいんっ。

大音響を立て、巨大な牛が村の城壁に角《つの》を叩《たた》きつけている。

「ひ、ひいっ」

「逃げろ、逃げろぉっ！」

崩れかけた城壁の向こう側から、村人のものらしき悲鳴がいくつも聞こえてきた。

「牛型の魔獣……!?」

といっても、動物の牛とは攻撃力や凶暴性は比べ物にならず、体のサイズも体長二十メートルくらいある。

「『雷撃の猛牛《ヴィ・ゾルガ》』巨体に加えて強大なパワーと雷撃を放つことができる厄介な敵です」

「パワーと、雷撃……」

つまり接近戦も遠距離戦も両方こなせる、ってことか。

しかも、あの巨体だと生半可な攻撃は通じなさそうだ。

「村を救わなきゃ」

言って、僕は剣を抜いた。

「待て。アーク自らが戦う必要はない」

リーシャに止められた。

「ここは私が行こう」

と、剣を抜く彼女。

「魔獣相手に接近戦は無謀ですよ、リーシャさん」

「私を舐《な》めるなよ、若造」

注意するジルフェを、リーシャがにらんだ。

いや、リーシャだって三十歳過ぎだし、十分若いけどね。

「私が習得している古流剣術【雷鳴彗星《らいめいすいせい》】は無敵にして不敗。戦場では数千人を斬ってきた」

彼女の眼光が異常なまでに鋭くなる。

「あなたがかつて王国騎士団で最強と謳《うた》われたことは存じていますよ」

ジルフェはその眼光を真っ向から受け止める。

「ですが、その剣も衰え、あなたは騎士団を引退して、フロマーゼ伯爵の私設騎士隊に招き入れられた。今のあなたに当時ほどの力はありません」

「貴様——！」

リーシャの顔色が変わった。

対峙《たいじ》していたら、それだけで気を失いそうなほどの圧を感じる。

それでもジルフェは平然とその圧を受け流していた。

「確かに私は若輩ですが――ここはあなたの剣より私の魔法戦闘が有効だと考えます。どうか私に出撃の許可を、アーク様」

確かにジルフェの言う通り、あのデカブツに接近戦を挑むのは無謀かもしれない。

「分かった。ただ、無茶はしないでね。リーシャは一旦ここで待機して」

「……いいだろう」

不満そうだったけど、リーシャはうなずいてくれた。

「では、リーシャさんはここでアーク様を守ってください。行ってまいります」

言うなり、飛行魔法で飛び上がった。

そのまま空中を一直線に進み、魔獣に向かっていく。

と、

「おっと！　誰か忘れてないか？　この超天才魔術師エリオット様を！」

それに続いて飛行魔法で上空に飛び上がったのは、エリオットだ。

「えっ、君も行くの!?」

「へっへーん！　見てろよ、アーク！　お前に受けた恩を返すからな！」

「恩……？」

エリオットの言葉に驚く僕。

「お前は……お前だけは俺に、まともに接してくれただろ？」

エリオットが珍しく、はにかんだような笑みを浮かべた。

「周囲はみんな、俺を化け物みたいに扱った。この力が嫌になったこともある。けど、今は超天才魔術師で良かったと思ってるぜ。お前の役に立てるからな！」

ボウッと音を立て、エリオットの全身から魔力のオーラが湧き上がった。まるで金色の炎をまとっているかのようだ。

「エリオット……」

僕のこと、そんな風に思ってくれてたんだ。

「安心して見てろ。この俺様が魔獣ごときに負けるわけねーだろ」

「で、でも――」

「じゃあ、行ってくる！」

そのまま『ヴィ・ゾルガ』の元まで飛んでいく。

「あ、待って！　君、実戦経験なんてないでしょ！　危険だって！」

僕は慌てて呼び止めたけど、猛スピードで飛び去っていったエリオットにその声は届かなかったみたいだ。

あっという間に空中でジルフェを追い抜くと、

「じゃじゃーん！　こっちだ、『ヴィ・ゾルガ』！　今、俺様の超必殺魔法をお見舞いするぜぇ！」

『ヴィ・ゾルガ』の頭上までやって来たエリオットが叫ぶ。

「ち、ちょっと近づきすぎじゃない⁉」

僕は思わず叫んだ。

エリオットがいる位置は、『ヴィ・ゾルガ』が手を伸ばせば届きそうな場所だ。

実戦の経験が豊富なジルフェと違い、いくら才能があるっていっても『本物の戦い』を経験したことのないエリオットには油断や隙があるんだろう。

「エリオットくん、一人で先行しないで！」

ジルフェも慌てたようにエリオットに向かって飛んでいくが、さすがに距離が遠い。

「これが俺の必殺魔法だ！　へっへっへ、食らえ食らえ～！」

エリオットは空中で、なんか必殺技っぽいポーズを取っていた。

それ、隙だらけだよ⁉

「超！　必殺！　【ギャラクティカ――」

ぺちん。

「ぬあああっ……⁉」

『ヴィ・ゾルガ』が尾の一撃を繰り出すと、エリオットは空中高く吹っ飛ばされていった。全身を魔法結界で包んでいるみたいで、大したダメージは受けてなさそうだけど――。

「ギャグキャラみたいなやられ方したな……」

「エリオットくん！」

吹っ飛ばされていくエリオットをジルフェが空中で受け止めた。

「良かった、ナイスフォロー！」

僕はパチパチと拍手をした。

と、
ばりばりばりっ！

『ヴィ・ゾルガ』が全身から雷撃を放ち、空中の二人を追撃する。

「【シールド】！」

ジルフェは魔力の防壁を作り出し、それを防いだ。

「きゅうう～」

あ、エリオットは完全に目を回してる。

実質、魔法戦力はジルフェ一人だ。

ばりばりばりっ！

ばちぃっ！

『ヴィ・ゾルガ』が連続して雷撃を放ち、ジルフェはエリオットをかばいつつ魔法防御する。

「完全に釘付《くぎづ》けだ――」

「ええい、エリオットめ、先走って……もっとジルフェと連携すればいいものを」

リーシャがブツブツ文句を言っていた。

「いいところを見せたかったんだよ、きっと」

僕は苦笑した。

「あいつは確かに天才だが、連携がまったく駄目だ……やっぱり子どもだな」

と、

「いや、これ無理でしょ……」

「あんなデカブツに剣で対処とか無理だし、魔術師たちも防戦一方だし……」

「リーシャ隊長はともかく、俺らなんて瞬殺だよ……」

騎士隊の面々は諦めモードだった。

ここに来てくれた騎士はリーシャを入れて四名。魔獣相手には心もとない……というか、とても立ち向かえない人数だ。

そもそも騎士隊ではリーシャの実力だけが突出している。

他の騎士たちが魔獣に立ち向かっても無駄に殺されるだけだろう。

「……お前たちはアークを守れ」

リーシャが後ろの騎士たちに命令した。

「魔法戦力が空中で釘付けになっている以上、あとは私たち騎士隊でやるしかない」

「えっと、隊長は……？」

「私か？　無論――」

言って、リーシャは駆け出した。

「奴を始末する！」

「あ、駄目だよ、リーシャ！」

僕は慌てて叫んだけど、彼女は止まらない。

すごいスピードで魔獣に向かっていく――。


――が、魔獣の強さは桁違いだった。

「うあああっ……」

『ヴィ・ゾルガ』の体当たりを受け、リーシャが苦鳴とともに吹き飛ばされる。

その側に折れた剣が転がった。

「こいつ、強い――」

僕は表情を引き締めた。

「強すぎる……とてつもなく……！」

リーシャがいくら剣の達人でも、あの巨体には通じない。

エリオットも才能はあるけど、魔法能力がまだまだ不安定。

ジルフェはそのエリオットと自分自身を雷撃から防御するだけで手いっぱい。

その他に高い戦闘能力を持った人は……。

「……そろそろ頃合いですな」

不意にそうつぶやき、進み出たのは――別の馬車から降り立ったゴードンだった。

「えっ、ちょっと!?」

七十歳を超えているゴードンが魔獣に向かって歩いていく。その背に大きな袋を背負っているのは、どういう意味があるんだろう？

「無茶だよ、戻って！」

叫んだ僕を、ゴードンは片手で制した。

何か考えがあるのかな……？

確かにゴードンは何の策もなしに無謀なことをする人じゃないけど――。

「こっちだ、デカブツ」

ゴードンが魔獣に接近する。

『ヴィ・ゾルガ』の頭部の角が触手のように伸びて、ゴードンに向かった。

「無駄だ。お前の基本攻撃パターンは把握している」

ゴードンは老人とは思えない軽やかなステップでそれらを避《よ》けてみせた。

「その角は直線的な動きしかできん。しかも獲物に最短距離で向かってくる――極めて読みやすい」

す、すごい……まるで武術の達人みたいに最小限の動きで角の攻撃を避け続けている。さらに、背中の荷袋から何かを取り出して地面に撒《ま》いているみたいだけど――？

どごっ、どごぉっ！

狙いを外した角が、地面を次々に穿《うが》つ。あんなの一発でも食らったら、人間の体なんて串刺しだろう。

「ゴードン、やっぱり逃げ――」

「これで終わりです」

言うなり、ゴードンは踵《きびす》を返して戻ってきた。

「えっ？　えっ？」

「仕掛けを施しました。当面はこれで凌《しの》げます」

「仕掛け……？」

「餌ですよ、アーク様」

驚く僕に説明するゴードン。

「『ヴィ・ゾルガ』が好む餌を撒いておいたのです。牛型のモンスターは総じてアレが大好物。しかも先ほどまでのジルフェ殿やリーシャ殿たちとの戦闘で力を消耗し、腹を空かせていたでしょうから。しばらく時間を稼げるでしょう」

ぶおおおおん。

見れば、『ヴィ・ゾルガ』は攻撃をやめ、地面に口を突っ込んで何かを食べているみたいだ。さっき荷袋から何かを取り出して撒いていたのが、その餌だったのか。

「夢中で食べてる……」

「『魔境』に生息する魔獣については一通り調べてありますからな。各種に対応する策は用意してあります」

と、ゴードン。

おお、有能ムーブだ！

「ワシがさっき撒いた餌は、量こそ多くありませんが、殻が硬くて中身が取り出しにくい果実です。食えばかなり腹が膨れるようですし、少なくとも数時間は稼げるでしょう」

「数時間か……」

つまり、それが過ぎれば、また『ヴィ・ゾルガ』は襲ってくる――。

「それまでになんとか奴を撃退する方法を考えなきゃね」

領主としての初仕事だ。


「あの巨体に剣で対抗するのは難しい。となると――切り札は魔法になると思う」

僕らは魔獣から数百メートルの距離を取り、みんなで対策会議をしていた。

「この中で魔法の使い手は三人だ。ジルフェとエリオット、そして僕――」

「当然、俺様がエースだな」

エリオットがドヤ顔で身を乗り出した。

「さっきはちょーっと調子が悪かったけどさ。今度は上手くやるから安心してろって。へへへ、腕が鳴るぜ」

「自信があるのですか、エリオットくん?」

ジルフェがたずねた。

「もし失敗すれば、あの魔獣は村の中に入っていくでしょう。すでに城壁はボロボロで、次の攻撃には耐えられません」

「問題ないって。俺の超必殺【ギャラクティカ死ね死ねデスファントム】を一発食らわせれば余裕だって」

「それ、発動前にエリオットくんが吹っ飛ばされてましたよね?」

ああ、さっきギャグキャラみたいなやられ方したときに出そうとしてた魔法か……。

「いや、あれは、その……そう、盛り上げるためにわざとだな」

などとエリオットとジルフェのやり取りを横目で見つつ、

「そうだ。城壁を直しておこう」

僕は思い立って城壁の方に戻ることにした。

「直す?」

「ほら、僕の【育成進化】魔法で」

といっても、この魔法は大した強化効果がないうえに、効果を発揮するための育成スピードがめちゃくちゃ遅い。

「それでも、やらないよりはマシだよね……」

魔獣の近くまで行くので、念のためにリーシャ、ジルフェ、エリオットの三人についてきてもらう。

がつがつがつっ。がぶがぶがぶ……。

まだ餌に食いついている魔獣を横目に、僕らは城壁の側まで戻ってきた。

「【育成進化】」

いつも通りに魔法を発動する。

その瞬間――。

こうっ……！

周囲がまばゆい黄金の光に照らし出される――！

「な、なんだ、一体……？」

いつもの【育成進化】と様子が違うぞ。

いつもなら、もっと淡い光が出て、対象を包みこむだけだ。こんなまぶしい光が出るなんて初めてだった。

ぽんっ！

と、僕の前で白煙が上がったかと思うと、もこもこした白い生き物が現れた。

「な、なんだなんだなんだ⁉」

本当に唐突に、僕の前に出現したそいつは、手のひらに乗るくらいのミニサイズで、長い耳にフワフワもこもこな感じの外見をしていた。

もふもふの体全体が淡く輝くオーラに包まれており、空中にフワフワと浮いている。

『もふもふ』は小さな手にタブレットみたいなものを持っており、そこに、

『城壁に【進化】を施しました』

『育成レベル1から2への【進化】作業中――三分後に完了します』

と表示されていた。

「なんだ、これ――」

まさか、僕のスキルの効果を表示している……⁉

じゃあ、この『もふもふ』はスキルの精霊（？）か何かなのか……？

――と、目の前で城壁が変化していく。

石造りでひび割れだらけだった壁が、みるみるうちに傷が塞がり、さらに材質が石から鉄のようなものへと変わっていく。

「えっ？　えっ？　何これ？」

僕は戸惑いを隠せなかった。

やがて――、

『完了しました』

『城壁が「城壁レベル２」に【進化】しました』


タブレットの表示通り、きっかり三分で城壁の一部――だいたい五十メートルくらいの部分が石から鉄になり、破損箇所もなくなっていた。

「これ、アークの魔法なのか……⁉　お前、こんなことできたのかよ！」

エリオットは目を丸くして僕を見ていた。

「アーク様にこのようなお力が――」

「すごいじゃないか……！」

ジルフェとリーシャもそれぞれ驚いているみたいだ。

そして、僕は純粋に感動していた。

「自分でもびっくりだよ！　もし村の周りを全部囲えたら、前よりも魔獣に対する防衛力がずっと高くなるぞ……！」

これは【育成進化】の効果なんだろうか？

今までこんなことはできなかった。なぜか突然、僕の魔法がパワーアップしてしまったんだ。

「もきゅ」

目の前に浮かぶ『もふもふ』が可愛《かわい》らしい鳴き声を発した。

「か、可愛いじゃねーか……」

「もこもこしていますね……」

「さ、触りたい……」

振り返れば、エリオット、ジルフェ、リーシャは一様に和んでいる様子だ。

うん、本当に可愛い――。

そのもふもふ具合を撫《な》でて愛でたくなる誘惑に耐え、僕はたずねた。

「えっと……君はスキルの精霊ってことでいいのかな？」

「もきゅ？」

『もふもふ』は小首（首ないけど）をかしげるようなポーズを取った。

うわああああああ、ますます可愛いいいいいいい……っ！

――って、萌えてる場合じゃないか。

「僕はアーク・フロマーゼ。もし君がスキルのことを知っているなら、詳しく教えてくれないか？　僕らは今、窮地に立たされているんだ」

僕は『もふもふ』に言った。

「それを打開するために、僕のスキルが有用かもしれない。だから――」

「もきゅ」

『もふもふ』は手にしたタブレットを差し出した。

そこには、僕の【育成進化】魔法の概要が書いてあった。

「これは――！」

今までとは、明らかに効果が違う。

というか、大幅にパワーアップしている感じだ。

要約すると、
・人間や動物などの『生命体』には使用できず、対象となるのは基本的に『無機物』。
・対象の育成にはレベルの概念があり、そのレベルが高いほど、より効果があったり、より強力になったりする。
・レベルが高いほど育成までの時間がかかり、場合によっては特定の素材などが必要になる。
「なるほど……」

ここに書かれているのは、あくまでも概要だし、細かい部分はその都度調べたり、実証したりしていけばいいか。

「とりあえず、おおまかには分かったよ。ありがとう、『もふもふ』」

僕はにっこりして『もふもふ』の頭を撫でた。

「そうだ、君に名前はあるのかな？」

「もきゅ」

ふたたびタブレットを差し出す『もふもふ』。

画面には『モフピー』と表示されている。

「モフピーっていうのか。なんか、そのまんまなネーミングだね……」

「もきゅ！」

あ、ちょっと怒った⁉

「ご、ごめんごめん。えっと、素敵な名前だね」

「もきゅ」

ドヤ顔っぽくなった！

意外と感情豊かなんだね、モフピー……。

「なあ、アークの力で城壁をどんどん強固にしていったら村を守れるんじゃないか？」

リーシャが提案した。

「なるほど、やってみようかな」

「ですが、城壁をいくら進化させても、守りが強化されるだけです」

異を唱えたのはジルフェだ。

「守りの強化は大切ですが、今は攻撃面に関して考える方が優先かと」

「はは、いいこと言うじゃねーか、ジルフェ。守ってばかりは性に合わねーからな。やっぱ攻撃だろ！」

エリオットが嬉しそうに叫んだ。

「一に攻撃、二に攻撃、こっちからガンガン仕掛けて魔獣をブッ飛ばそーぜ！」

エリオットはそういう性格だよね、と苦笑しつつ、僕も基本的には同意見だった。

「確かに、こっちからの攻撃ができないと――」

周囲を見回した。

何かないだろうか。魔獣に決定打を与え得る強力な武器が、何か――。

「あれだ！」

しばらく城壁の周辺を歩き回り、僕は投石機を発見した。

「もきゅ？」

また小首をかしげるモフピー。ちなみに今は、僕の肩にちょこんと乗っかっていた。なんだか懐《なつ》かれてる気がする。

モフピーは固有魔法【育成進化】の一部というか、精霊とかナビゲーターみたいな存在だろうから、その使い手である僕に懐いてる、ってことなんだろうか？

「モフピー、これをパワーアップさせて武器を――いや兵器を作りたいんだ」

僕はモフピーに言った。

そう、魔獣に通用するくらいに強力な投石機を。

「もきゅ！」

モフピーは小さな手で自分の胸（どこからどこまでが胸かイマイチ判然としないけど）を「ぽふっ」と叩いた。

任せておいて、って意思表示だろうか。頼もしいぞ、モフピー。

「じゃあ、さっそくやってみよう――」

『投石機に【進化】を施しました』

『育成レベル1から2への【進化】作業中――五分後に完了します』

ん？　城壁のときとは作業時間が違うぞ。対象の種類によって作業時間が変化するんだろうか？

やがて五分が経つと投石機は二回りほど巨大になっていた。

しかも今度は石を三つ同時に撃ち出せる仕様にパワーアップしている。

さらに、

『投石機を育成レベル３に【進化】可能です』

『育成レベル３にするためには『素材：雷電鉱石《らいでんこうせき》』が必要となります』


「素材……？」

僕は首をかしげた。

「それがあれば、投石機がもっと強くなる、ってこと……？」

「もきゅ」

モフピーがコクコクとうなずいた。

「回答のリアクションありがとう、モフピー」

僕はもふもふを撫でてあげた。

モフピーは嬉しそうに目を細めた。

「――で、素材か。『雷電鉱石』ってなんだろ？」

「うーん……私は聞いたことがないな」

首を振るリーシャ。

「食べ物か？」

いや、名前からして食べ物じゃないと思うよ、エリオット。

「雷の力を秘めた魔法石ですね」

さすがジルフェは物知りだ。

「ごく微小なものですが。王都ではカラクリの玩具などに使うこともありますね」

「なるほど、いろんなところに使われてるんだ」

現代社会の電池みたいな役割を果たしてるんだろうか。

「それなりにレアな素材なので、この辺りで産出する場所があるのかどうかまでは分かりませんが……ゴードンさんが産出地をご存じないか、聞いてみてはいかがでしょう？」

「そっか、ゴードンも物知りだもんね。ちょっと行ってくる」


僕はモフピーを肩に乗せたまま、一人で馬車のところまで歩いていった。

こちらに気づいたのか、シエラが真っ先に駆け寄ってくる。と、そこで僕の肩に乗ったモフピーに視線を向け、

「えっ？　えっ？　えっ？　えっ？」

シエラは戸惑ったような声を上げた。

「あ、あの、あのあのあのあのっ、アーク様、この可愛らしい可愛い可愛い生き物はなんです

かっ？　かかかか可愛いっ……可愛いが過ぎますよ！」

いきなりテンション爆上がりだ。

「後でちゃんと説明するね。先にゴードンから話を聞きたいんだ」

「では、私もご一緒します」

ということで、僕らはゴードンの元へ。

「ううう、モフりたい……あの、後でモフモフさせてくださいね、アーク様！　予約しましたよ！　絶対ですからね！」

言いながらシエラが後をついてくる。僕は苦笑しつつもうなずき、ゴードンのところまで行った。

「ねえ、ゴードン。一つ教えてもらってもいい？」

「なんなりと、アーク様」

ゴードンは恭しくうなずいたところで、僕の肩にちょこんと乗っているモフピーに視線を向ける。

「ほう、これは――」

ゴードンが絶句した。驚いたように目をカッと開いている。

どうしたんだろう、ゴードン？

博識な彼のことだから、モフピーについて何か知ってるんだろうか。

あるいは僕の【育成進化】が突然パワーアップした理由に気づいたとか？

さすがは切れ者執事――。

「きゃわええですな……っ！」

「………………えっ？」

完全に予想外のリアクションだ。

「間近で見ると、あらためて……ぬおお、なんというかわゆさ……なんという萌え萌え……いやこれは眼福……っ！」

「ゴードン……？」

――って、顔がめちゃくちゃにやけてる！

普段は厳めしい顔つきのゴードンが、今は嘘みたいにデレデレした顔だ。

「ゴードン、こういう生き物に弱かったんだ……意外」

「きゃわわわわわわ」

「あの、ゴードン？」

「はっ!?　も、申し訳ありません。あまりの可愛さに我を忘れていたようです」

「……ええと、話を戻すけど」

僕は微笑ましい気持ちになりつつ言った。

「実は『雷電鉱石』っていう魔法石を【育成進化】の触媒として使いたいんだ。もし掘り出せる場所を知っていたら、教えてもらってもいい？」

「【育成進化】の触媒……ですか？」

ゴードンは驚いている様子だ。

僕が【育成進化】を使った場面自体はゴードンも見ていると思うけど、彼の位置から僕が城壁を強化したことをどの程度理解してるのか分からないので、いちおう一から説明することにした。

僕の【育成進化】が突然パワーアップしたこと。そして対魔獣用の兵器として投石機を進化させるために『雷電鉱石』が必要なこと――。

「アーク様の固有魔法がそんなことに……!?」

シエラは驚いた顔をしていた。

「やはり、アーク様は只者《ただもの》ではなかった……このゴードン、いつかあなたはもっと大きな力を得ると信じてましたぞ」

ゴードンの方は感慨深げに『うむうむ』と何度もうなずいている。

「そういうことでしたら、承知いたしました。『雷電鉱石』なら、この辺りで産出すると聞いております。ワシが案内いたしましょう」

おお、ちょうどよかった！

「どの程度の量を必要とするのか分かりませんが、掘り出したいのであれば、もう数人の人出が必要ではないかと思います」

「私、がんばります」

シエラが真っ先に手を上げ、

「必要であれば私もお手伝いしますよ」

「私もぜひ」

「体を動かす仕事なら俺たちにも」

「俺もやります」

他のメイドたちや使用人、騎士たちもそれぞれ申し出てくれた。

「ありがとう、みんな」

僕はありがたくその申し出を受けることにした。

「――と、必要な分量が分からないや。どうしよう」

モフピーのタブレットにはそこまで書いてなかったな……。

「モフピー。投石機をレベル3にするために『雷電鉱石』がどれくらい必要なのか教えて？」

『必要量：十・一八キログラム』

モフピーのタブレットにそう表示された。

「十キロか……けっこう多いね」

「もきゅ」

「ん？　がんばれ、って？」

「もきゅもきゅ」

「そうだね、がんばって集めるよ」

「もきゅ！」

「ファイトって言ってくれてる気がする」

僕はにっこりとした。

「ほう？　アーク様はこの者と会話ができるのですな」

ゴードンが嬉しそうに目を細めた。

「んー……なんとなく『そう言ってる気がする』ってだけだけどね、えへへ」

「心が通じ合っているご様子。ほっこりしますなぁ」

ゴードンはすっかりデレている。いや萌えているのか。


僕は、さっそく鉱石の掘り出し仕事に移った。

シエラやジルフェ、リーシャの他、使用人たちを総動員して、人海戦術で掘り出しにあたる。

埋まっている場所は分かっても、正確にどこに埋まっているかまでは分からない。だから、ある程度の当たりを付けては掘り、埋まってなければ、次の場所をまた掘り……と地道で根気のいる作業だ。

シャベルを【育成進化】で強化したり、エリオットの広範囲攻撃魔法で一気に周囲を掘り返す……という手段も検討したんだけど、『雷電鉱石』は衝撃に弱いらしくて、そういう乱暴な方法はできないそうだ。

結局、地道に掘るしかなかった。

「ああ、もっと人手が欲しいよ……」

僕は汗だくになりながら、天を仰いだ。

と、そのときだった。

「あれは――」

十数人の一団が向こうから歩いてくる。

いずれも、毛皮を加工したようなモコモコした衣服をまとった男たちだった。全員、筋骨隆々としていて、いかにも力がありそうだ。

きっと村の人だと思うけど――手伝ってくれないかな？

「あ、あの、すみません。ちょっと手伝いをお願いしてもよろしいでしょうか！」

僕は思い切って声をかけた。

「…………？」

彼らが振り返る。

「僕はここの領主として着任してきましたアーク・フロマーゼです。村を襲おうとしている魔獣を撃退するために——」

「……人間が」

「……貴族が」

彼らは吐き捨てるように言って、去っていく。

「えっ……」

初手《しょて》から、いきなり嫌われてる⁉

「どうせお前も今までの領主と一緒だろ」

彼らの中でひときわ背が高く、筋骨隆々とした青年が言った。

金髪のワイルドな容貌で、前世の日本風に言うなら『ヤンキー』という言葉を連想させる雰囲気だ。

「俺らは人間を認めねぇ。行くぞ、お前ら」

ふんと鼻を鳴らし、彼らは去っていった。

取り付く島もない、という感じだ。

「彼らは獣人ですね」

ジルフェが言った。

「えっ、獣人？」

「この村には人間の他に獣人が多く住んでいます。あまり人間との仲が良くないそうですよ」

と、ジルフェ。

「そうなんだ……」

だから僕に対しても険しい態度だったのかな？

まあ、今はあまり気にしていても仕方がない。まず魔獣迎撃用の防衛設備を整える方が先だ。


そしてみんなで懸命に掘り起こし続け、ようやく必要な分量——約十キロをかき集める。

「やったー！　みんな、ありがとう！」

僕は作業してくれた全員に頭を下げた。

「ふふ、アーク様の頼みならお安い御用ですよ」

と、シエラが微笑む。

「私はお前のやることを信じる。こういうことは子どものお前より、私たち大人の方が体力的にも適任だ」

「遠慮せずにお申し付けください、アーク様」

リーシャとジルフェが言った。

その他のメンバーも一様に笑顔だった。誰一人として不満顔じゃない。

「みんな、本当に感謝するよ――」

僕は胸がいっぱいになった。

「みんなに報いるためにも、必ず魔獣を倒せる防衛設備を作ってみせる」

僕は【育成進化】の魔法を発動した。

ちなみに掘り出した『雷電鉱石』はモフピーが正確に十・一八キログラムの分量を量ってくれた。便利だ。

そして――。


『投石機の育成レベルが3になりました』

『『雷電鉱石』を組み込むことで、投石機が『魔導レールガン』へと進化しました』


……ん？　レールガンだって？

急に現代兵器みたいな用語が出てきたな。

ヴ……ンッ！

まぶしい輝きが収まると、投石機の形が一変していた。

「これは――！」

二本の長い板が二股状に突き出したような形をした砲台。

電磁加速砲《レールガン》。

ファンタジー世界というより現実の兵器に登場するようなやつができてしまった。

正確には『魔導レールガン』って名前みたいだし、科学兵器じゃなく、あくまでも魔法的な機構を備えた兵器なんだと思うけど。

「おおっ、すごそうなのが出たじゃねーか！」

エリオットが歓声を上げた。

「俺様が手伝ったおかげだな。感謝していいぞ、アーク。ほら、感謝しまくれ！」

「言っておくが、私たち全員で『雷電鉱石』を掘り出したおかげだからな」

リーシャが釘を刺した。

「えへん。さすが俺様」

「聞いてないな、こいつ……」

「エリオットくんががんばったことは確かですよ。もちろん、リーシャさんも。他の方々もみんな」

と、ジルフェがとりなした。

「うん、みんなのおかげだよ」

僕はにっこりと全員を見回し、あらためて『魔導レールガン』の威容を見上げる。

「こいつなら魔獣を倒せるかな……⁉」

ゴクリと息を呑《の》んだ。

見るからに威力がありそうだし、通用するかもしれない。

「ありがとう、モフピー。この兵器は使えそうだよ」

「もきゅ！」

モフピーはドヤ顔だ。

うん、思う存分にドヤ顔してくれ。君のおかげで勝機が見えてきた。

「じゃあ、僕は他にも準備があるから、スキルを使うのはここまでにしておくよ。またよろしくね」

そう言って、僕はモフピーのもこもこした体を撫でた。ふわふわして、もふもふで、最高に気持ちのいい手触りだ。

「もきゅぅ……」

モフピーの方も撫でられるのが気持ちいいのか、うっとりした様子だった。

と、

『【育成進化】発動終了の意志を確認しました』

『モフピーを帰還させます』

『またの利用をお待ちしております』

モフピーのタブレットにそんな表示が現れた。

同時に、しゅんっ……とモフピーの姿が消える。

「『帰還させます』って書いてあったけど、元の世界みたいなところに帰ったのかな……?」

また会えるよね、きっと。

「えっ!?　消えちゃいました……」

「そ、そんな、ワシまだモフモフしたかったのに……」

シエラとゴードンがショックを受けたような顔をしている。

他にも「モフモフしたかった……」という声がいくつも聞こえた。

ま、また会えるよ、きっと。


僕は『魔導レールガン』の運用を軸とした対魔獣防衛戦の策を練ることにした。

対策会議のメンバーは僕とジルフェ、リーシャ、エリオット、さらにゴードンにも加わってもらった。ゴードンはあの魔獣……『ヴィ・ゾルガ』の知識があるから特に助言を仰ぎたいところだ。

「でもよく知ってるね、魔獣の生態なんて」

「昔、傭兵をやっていたころに遭遇したことがありまして」

ゴードンが元傭兵っていう話は前にも聞いたけど、僕と一緒に『魔境』に行くために適当な過去をでっちあげたんだと思っていた。けど、この分だと本当だったのかな？

傭兵をやっていたゴードン……うーん、イメージと合わない。

「ゴードン殿が元傭兵……!?」

「じーさん、そんな仕事してたのかよ」

リーシャとエリオットが驚きの声を上げた。

「ゴードンさんにそのような過去が……？」

普段冷静なジルフェまで目を丸くしている。

「若いころはいろいろあったのですよ。ワシがフロマーゼ家に拾われたのは三十歳を超えてからですから……」

ゴードンがニヤリと笑った。

うーん、人に歴史あり。

「ワシの過去はよいでしょう。今は魔獣対策について話し合うべき」

「あ、そうだね……ゴードンの過去には興味があるけど」

僕は苦笑し、話を本線に戻すことにした。

「ねえ、さっきの餌をもう一度使えるかな？」

「使うことはできますが、二度目になると一度目より効果は薄まるでしょうな」

と、ゴードン。

「最初に比べると、魔獣の興味はどうしても薄れます。今度は一時間も引きつけることはできないでしょう」

「いや、今回は長時間引きつける必要はないんだ。どちらかというと『誘導』のために使いたい」

「誘導……ですか？」

「奴をおびき寄せたいポイントがあるんだ」

僕はゴードンに説明した。

「魔獣がそのポイントに来たら、新兵器をお見舞いする」

「……なるほど。つまりその新兵器の射程圏まで誘導したい、と？」

「そういうこと」

理解が早くて助かる。

「では、そこまでの誘導は私がやりましょう」

ジルフェが立候補した。

「そうだね。飛行魔法を使える君が適任だ。頼むよ」

「承知しました」

「私は何をやればいい？」

リーシャがたずねる。

「魔獣相手に接近戦は厳しいから、僕の側で待機。不測の事態に備えて」

「了解だ」

「俺様は？」

「エリオットは村の方を守って。僕らが魔獣を討ち損じたときは、状況に応じて迎撃か、村の人たちに避難を呼びかけてほしい」

「えー！　やだよ、そんな地味な役回り！　俺も前に出て戦わせろ！」

「地味じゃないさ。これは、ええと――そう、切り札だ」

「切り札？」

「僕らがしくじったときの最後の切り札、それが君なんだよ、エリオット。主役は最後の最後に登場するものだろ。ああ、なんてかっこいいんだ、エリオット」

「ほ、ほう……？　俺の役回りはかっこいいのか」

「アーク様の仰ることはごもっとも。君は村人を守るヒーローの役割なのだ、エリオット」

ゴードンが上手くフォローしてくれたので、エリオットはすっかり目を輝かせた。

「ははははは！　おい、アーク！　お前、よく分かってんじゃねーか！　そうだよな、俺様ってヒーローだもんな！　よし、その役目、引き受けたぜ！」

よし、説得成功だ。

ありがとう、ゴードン。

そう思って彼を見ると、ニッと小さな笑みを浮かべて応えてくれた。

「ゴードンも僕の側にいてくれるかな？　いざというときに助言を欲しい」

「承知いたしました」

一礼するゴードン。

「じゃあ、さっそく――」

全員の役回りを確認できたし、作戦開始だ。


魔獣退治のメンバーは僕とゴードン、リーシャ、ジルフェ、エリオットの五人で、残りは後方で待機してもらうことにした。

まずジルフェが魔獣の前まで飛んでいき、餌を撒く。

ぐるるる……。

『ヴィ・ゾルガ』がそれにつられて移動を開始した。

「さあ、こっちです」

ジルフェは普段と変わらない表情で魔獣を恐れる様子もない。冷静に進路を誘導しながら飛行し、餌を撒いていくから大したものだ。

魔獣が向かう先には、僕が新たに作ったばかりの防衛設備『魔導レールガン』がある。

切り札ともいえるこいつを食らわせるためには、ジルフェの働きが重要だ。

そのジルフェはさすがに卒なく『ヴィ・ゾルガ』をこっちへ誘導してくる。

「進路も完璧だし、さすが仕事ができる男……！」

「ですな。大したものです」

隣でうなずくゴードン。

「『ヴィ・ゾルガ』は怒りっぽい性格で、おびき寄せるのは簡単ではないのですが、いともたやすく――」

「へえ、そうなんだ……」

やっぱり有能なんだね、ジルフェって。もちろんゴードンも。本当に僕の側に仕えてくれてありがたい人材ばかりだ。

「そろそろ来るぞ、アーク」

リーシャが横から言った。

「射程まであと五百メートルほどだ」

ずしいん、ずしいん。

地響きを立てながら確実に誘導用ポイントに向かって近づいてくる魔獣。

「よし、魔導レールガン発射準備！」

ごごご……。

僕の意志に応じてレールガンが鳴動する。

科学兵器っぽいけど、こいつはいちおう魔法兵器なので、その動力は『魔力』である。

といっても、僕の魔力を使うんじゃなく大気中に遍在する魔力の一部を吸収、チャージして使うようだ。


『『魔導レールガン』——魔力充填中』

『発射まであと六十秒……五十九……五十八……』


レールガンの本体に小さな画面がついていて、そこにカウントダウンの数字が表示された。

やっぱり、魔力を完全にチャージするまで発射にタイムラグができてしまうみたいだ。

「それまでに魔獣がいきなり突進したりすると、タイミングが変わってくるんだよね。頼むぞ、こっちに気づかないで……」

そうならないよう、僕は祈った。

発射までの間は祈ることしかできない。

理想はレールガン発射まで奴が気づかず、餌に引きつけられていることだけど、もしこっちに気づかれた場合は……。

「いや、距離も遠いし大丈夫だ」

見る人が見れば一発バレする程度の偽装しかできていないけど、『ヴィ・ゾルガ』の知能で気づかれることはないだろう。

ぐるるる……！

「――って、こっち見たー⁉」

僕は思わずのけぞった。

『ヴィ・ゾルガ』は唐突に餌を放り捨てると、こっちをにらんだのだ。

距離は数百メートルも離れているし、レールガンには偽装のために大きな布をかぶせてある。

『ヴィ・ゾルガ』の知能でこれを兵器だと感づく可能性は低いと思うんだけど……。

ぐるるうううおおおおおおおおおおおおおおおっ！

「うわ、なんか怒ってるっぽい雰囲気⁉」

もしかしてレールガンに完璧に気づかれてる……？

「一直線にレールガンに向かわれるとまずい――」

レールガンの発射シークエンスが全部終わるまで、あと十秒くらい。

と、

ごうんっ！

その『ヴィ・ゾルガ』の頭部を爆発が襲う。

「えっ……？」

今のはレールガンの一撃じゃない。

別の方向からの攻撃——？

「へっ、この超天才魔術師の俺を忘れるなよ、デカブツ」

「エリオット！」

空中にエリオットが浮かび、ドヤ顔で叫んでいた。援護の一撃を放ってくれたらしい。

きっと僕の持ち場の気配を察知して、自分の持ち場からここまで飛んできてくれたんだろう。

「助かったよ！」

そして今のが、値千金のひと時を稼いでくれた。

今この瞬間、カウントダウンがゼロになる——！

「『魔導レールガン』——発射《ファイア》！」

どうんっ！

放たれた弾丸が『ヴィ・ゾルガ』を見事に粉砕したのだった。


「し、信じられねぇ！　魔獣を撃退しちまった！」

「助かったんだ、俺たちは！」

「これで当分は平和に暮らせる！」

村の人たちが城壁の上に立ち、歓喜の声を上げていた。

最初に魔獣が城壁を攻撃していたときに、村の人たちが悲鳴を上げながら逃げていったけど、隠れて僕らの戦いを見守っていたんだろうか。

僕は彼らに手を振る。

「それにしても、魔獣が兵器の方に向かってきてヒヤリとしました」

ゴードンが言った。そう言ってる割に、焦る僕と違って落ち着いていたように見えたけど——。

「そうだね。実戦は、やっぱり想定通りにはいかないみたいだ」

うなずく僕。

けど、防衛設備は僕が起動するしかない。

これぱっかりは、僕にしかできないことだった。

ただ、エリオットが自分の判断で持ち場を離れてくれなかったら危なかった。空中戦力のエリオットやジルフェは移動能力が高いし、もっと柔軟に動けるような体制を整えた方がいいのかもしれない。

たとえば通信機のようなものが作れるなら、それで連絡を取り合って、戦闘中に陣形を柔軟に変更するとか？　今後の防衛戦の反省材料にしよう。

「勇気ある行動だったな」

リーシャが微笑む。

「ひやひやしましたよ」

ジルフェが言った。

「私も空中から追いかけましたが、エリオットくんの方が速かったですね」

「うん、すごいスピードだった」

「俺様はヒーローだからな。まあ、ジルフェもそれなりにがんばったんじゃねーか？」

ドヤ顔しきりのエリオットだった。

「お褒めにあずかり光栄です」

ジルフェは優雅に一礼する。

「ありがとう、エリオット。本当に助かった」

僕はあらためて彼に礼を言った。

「へっ、いいってことよ。俺は頼りになるからな。また頼ってくれていいぞ」

エリオットはますますドヤ顔だ。

「ともあれ、魔獣は片づいたし、まずは村長のところに行こう」

着任の挨拶も兼ねた顔合わせだ。後方待機組にはもうちょっとだけ待ってもらってから合流することにしようか。

「では、私が後方待機している者たちに、その旨を伝えてきます」

ジルフェが言った。

「俺もそっちで待ってるよ。村長と会うのって、なんか堅苦しそうだし」

と、エリオット。

「じゃあ、二人は後方待機組と合流して。僕とリーシャ、ゴードンの三人で村長のところに行こう」

僕はそう方針を決めた。

と、

「えっ、村長のところに……？」

「大丈夫ですか、領主様……？」

城壁の上にいる村人たちが僕に声をかけてきた。

みんな、やけに不安そうな顔だ。

「この村では人間と獣人は、その……」

「お気を付けを……」

なぜか彼らはおびえるように口を濁し、去っていく。

彼らの態度はどういうことなんだろう――。

僕は一抹の不安を覚えた。

村長の屋敷は村にある二つの集落のうち、西側の中心部に建っている。

この集落は獣人だけで暮らしており、村長も獣人だということだった。

ただ、今は病に臥《ふ》せっているということで、屋敷に行くと村長の娘さんが出迎えてくれた。

「予定外のトラブルで挨拶が遅れましたことをおわび申し上げます。僕は、このたび新たな領主として就任しましたアーク・フロマーゼです。どうかよろしくお願いします」

「あたしはロクサーヌ・ルーミットよ」

村長の娘は眉根を寄せて僕を一瞥《いちべつ》した。

薄桃色の髪をツインテールにした可愛らしい女の子だった。当然、彼女も獣人のはずだ。

「新領主っていうから、今度はどんな奴が来たかと思えば……まだ子どもじゃない。こんなのを領主としてよこすなんて、うちの村も舐められたもんね」

ふんと鼻を鳴らす。

「いや、あの……君も十分子どもだと思うんだけど……」

「あたしはもう十二歳よ！　あんたより大人でしょ！」

それはそう。

「確かに僕は八歳ですし、まだ子どもですが、領主としての仕事は責任をもってやらせていただきます。ご協力よろしくお願いします」

「ふんっ、だ」

ロクサーヌが舌打ちする。

さっきから、ものすごくツンツンしてるな、この子……。

「さっきからなんだ、その態度は」

リーシャが前に出た。

「領主に対する態度ではないだろう。あらためろ」

「おっと、ロクサーヌに手出しはさせねーぜ？」

と、屋敷の奥から出てきたのは、一人の獣人だった。

金髪にワイルドな風貌で他の獣人たちより一回り立派な体格をしている。

「あ、さっきの――」

僕はハッと思い出した。

『雷電鉱石』の掘り出し作業をしていたときに出会った獣人の一団を率いていた青年だ。

「俺はパウル・ゾアってモンだ」

ヤンキー風のその青年が名乗った。

「この村の自警団をまとめている。お前ら、ロクサーヌの態度に怒ってるのかもしれねーが、こっちにだって怒る理由はある」

と、剣の柄に手をかける。

「歴代領主が俺らにしたことを考えりゃ、この場で斬られても文句言えねーんだぞ、お前ら？　ええ？」

「――抜く気か？」

すごむパウルに対し、リーシャは冷然と告げた。

「その場合、私も容赦するわけにはいかなくなる」

「おうおう、気が強いねぇ」

パウルがニヤリとした。

「けど、相手を見てから言った方がいいぜぇ？　この俺は村の獣人の中でも最強の――」

ぴたり。

その瞬間、目にも留まらぬ速度で抜刀したリーシャの剣の切っ先が、パウルの喉元に突きつけられていた。

速い――！

剣を抜くところがまったく見えなかった。

リーシャは古流剣術【雷鳴彗星】を極めた剣士で、特に【居合い抜き】を得意としているそうだけど、僕も彼女の本気の剣を間近で見せてもらったことはなかった。

「っ……！」

「最強の――なんだって？」

リーシャが淡々とたずねる。

一方のパウルは頬から汗を伝わせながら、

「て、てめぇ……」

震える声でうめくのみ。

さっきの勢いは完全に消えてしまった。

「もういいわ、パウル。その女は強い。うかつに手を出さないで」

「──わーったよ」

ロクサーヌに制止され、パウルは不承不承といった感じでうなずきつつ跳び下がる。さすがに獣人だけあって、異様な速さだ。

「ふん、そっちも身体能力だけは高そうだ」

「さっきので勝ったと思うなよ。あんなもん、ただの不意打ちだ」

パウルが悔しげにうなった。

「そうよ、あんたたちは卑怯な手を使う。貴族なんてどいつもこいつも信用できない」

ロクサーヌは僕をじろっと見て、言った。

「この村の状況を見ても、魔獣退治のために手を打つこともしないし、ただ税を取り続けるだけ……あたしたちがどれだけ困窮していることか」

「困窮……？」

「うるさい。あたしたちのことを余所者《よそもの》に詳しく教えるつもりはない」

「余所者……」

つぶやく僕。

「確かにそうだけど、僕は君たちと仲良くやっていきたい」

「お断り」

ロクサーヌの態度は頑《かたく》なだった。

こういうとき、焦っても何も進展しない。前世でも、うるさい顧客には時間をかけて関係を築くようにしてたしね。

「少しずつ距離を縮めていくよ。いきなりじゃ、君たちが拒否反応を示すのも仕方ないだろうし」

僕は苦笑した。

「今日はとりあえず挨拶だけだ。僕はこの村を良くしたいし、そのための努力を続けるつもりだ。よかったら、ロクサーヌにも見守ってほしい」

「ふん――」

「もし、いつか……僕のことを認めてもいい、ってなったら、ぜひ協力関係を築きたいな」

「不愉快よ。さっさと消えて」

「貴様っ！」

リーシャが耐えきれなくなったように叫んだ。

「リーシャ、いいんだ」

僕はそれを止めた。

「なんだ、やらないの？」

ロクサーヌが立ち上がる。

その姿が揺らぎ、変化していく——。

獰猛《どうもう》な、獅子《しし》の獣人へと。

「絶対あんたたちを認めないからね」

獅子の眼光は、さっきまでとは威圧感がまったく違う。

「……人間は信用できない、ということ？」

「人間もそうだし、貴族ならなおさらよ」

じゃあ、貴族である僕は二重の意味で彼女たちの信用を勝ち取るのは難しい、ってことか。

「……分かった。今日はこれで失礼するよ」

これ以上話しても、たぶんこじれるだけだ。

信頼関係が築けなかったのは残念だけど、それは今後の課題ってことで——。


僕らは村長の家を後にした。

「なんなのだ、あいつは！　非常に不愉快だ」

リーシャはまだ怒っていた。

「まあまあ、この村は人間と獣人の間に溝があるみたいだし、人間である僕らを向こうが警戒するのは仕方ないよ」

と、リーシャをなだめる僕。

「ロクサーヌの前でも言ったけど、彼女たちの信頼を得られるように行動していけばいいんだ」

「む……」

「現状ではいがみ合うだけでしょうな。ですが、それは言い換えれば……状況が変われば、関係が変わっていく可能性が生じる、とも言えます」

ゴードンが僕の言葉を補足してくれた。

リーシャと違い、こっちは落ち着いた態度だ。さすがは年の功。

「状況が変われば……」

つぶやくリーシャ。

「具体的には、我らがこの村にとって有用な存在であり、同時に信頼に足る集団だと見せることと――」

言って、ゴードンは彼女を見つめる。

「つまり、リーシャ殿の働きはますますもって重要になります。どうか、よろしくお願いします」

「――承知しました」

年長のゴードンに諭されると、リーシャとしても強く反論できないみたいだ。それに、かみ砕いて説明してもらったことで、少し気持ちの整理ができたのかな。

うん、僕もゴードンみたいな感じで、他人を説得するときはもっと余裕をもって、ゆったり話してみるか。

「ありがとう、ゴードン」

「ワシはアーク様の補佐をしたまでのこと」

「助かるよ」

僕はにっこりと笑顔で礼を言った。

「さて、リーシャの頭が冷えたところで――」

さっそく次のミッションといこう。

「今度は前任者に挨拶に行くよ」

――いや、待てよ。

「その前にさっきの『ヴィ・ゾルガ』のところに戻ろうか。死体を放置しておくと周辺の獣に食い荒らされるかもしれないし。金になりそうな素材は確保しておいて、高く売れたら、村にも還元したい」

僕らは魔獣『ヴィ・ゾルガ』の死体の元にやって来た。

あらためて見ると、本当に大きい。

よくこんな化け物と向き合って戦えたなぁ、僕……。

防衛兵器やエリオットのサポートのおかげとはいえ、我ながら驚きだ。

と、魔獣の側にシエラとジルフェ、エリオットがいる。

あれ？　後方待機しているはずなのに——。

「待ち時間を利用して魔獣の死体から素材を採取したり、肉に関しては食用になりそうなので血抜きなどの下処理をしていたんです」

ジルフェが説明した。

「素材の採取に関してはまだ途中ですが……エリオットくんとシエラさんに手伝ってもらっていました」

「まあ、俺様は何をやらせても頼りになるからな」

「エリオットさん、ほとんど遊んでましたよね……」

ドヤ顔のエリオットにシエラが軽くツッコミを入れる。

「へへへ、まあな」

「褒めたわけじゃないんですけど……もう」

言いながら、シエラがクスリと笑う。

「それにしても——こんなに大きな魔獣に立ち向かったんですね、アーク様……勇気ある行動だったと思います」

と、シエラが僕の側に寄り添い、頭を撫でてくれた。

ときどき、子ども時代みたいな褒め方をしてくれるんだよね、シエラって。

……いや、まあ今も十分子どもだけどさ、僕。

「ありがとう、シエラ」

僕はうっとりと目を細めた。こうやって彼女に頭を撫でられるのは気持ちいいんだ。みんなの前だとちょっと照れくさいけどね。

「……と、浸ってる場合じゃないな。これをどうやって処分するか……」

僕はあらためて『ヴィ・ゾルガ』を見つめる。

「解体なら私に任せてくれ」

リーシャが進み出た。

「リーシャ、そういうの得意なの？」

「刃物なら、何でも得意だ。くくく」

刃物を手に妖しい眼光を放つリーシャ。

「若干怖い系の笑いはやめて!?」

「とりあえず角の部分を切り離す。肉に関しては、要は牛肉みたいなものだし、美味《おい》しそうな部位から優先して切ることにしよう」

「美味しそうな部位……」

リーシャの言ったことを繰り返し、僕はハッとなった。

「この魔獣を食べるってこと⁉」

そういえば、ジルフェもさっき魔獣の肉が食用になるとか言っていたような――。

「一部の魔獣は非常に美味だそうです」

ジルフェが横から言った。

へえ、そうなんだ。

「それに日持ちもしませんし、近隣の町まで持っていっても、すぐに腐るか、あまり高くは買い取ってもらえないでしょう」

「じゃあ、僕らで平らげてしまうのはアリだね」

「ワシもお相伴《しょうばん》にあずかるとしましょう」

と、ゴードン。

「魔獣料理は久しぶりです」

食べたことあるんだ、ゴードン。

「じゃあ、みんなで一緒に食べよう」

僕はみんなを見回した。

「調理は……後方待機組の料理メイドを呼んでこようかな。馬車の積荷に食材と調理器具もあるはずだから、それも持ってこないとね」

「では、私が飛行魔法で行って、呼んできましょう。馬車ごと全員でこちらに来るのがよいかと」

と、ジルフェ。

「じゃあ、悪いけど頼めるかな」

「承知いたしました」

言って、ジルフェはさっそく馬車のところまで飛んでいった。


ほどなくして馬車がやって来て、後方待機組は僕らに合流した。

「うわー、すごい……ですね……これが、魔獣……!?」

料理メイドのレジーナが呆然とした声を上げた。二十歳くらいの愛嬌《あいきょう》のある女性で、眼鏡とそばかすが特徴的だ。

「私、こんなの料理できるかなぁ……」

と、尻込みしている。

「あ、私も手伝います、レジーナさん」

シエラが手を挙げた。

「本当？　助かる」

「えへへ、足を引っ張らないようにしないといけませんね」

「何言ってるのよ。あなたの方が私より料理上手いじゃない。シエラはなんでもできちゃうんだもん。心強いわ」

「そんなこと……」

レジーナの賛辞にシエラは照れたような笑みを浮かべる。

「一緒にがんばりましょうね」

「うんっ」

二人はぱんっと手を合わせた。

「では、まず解体作業だな。血抜きなどの下準備はジルフェたちが済ませたそうだから、あとは一気に切り出すとしよう」

リーシャが進み出た。

「下がっていろ」

剣を抜く。

「【雷鳴彗星】奥義――【御肉解体剣《おにくかいたいけん》】！」

そのまんまなネーミングだ！

僕らの目の前でリーシャは剣を振るい、すごい速さで魔獣を解体していった。

「うおおおおおおおおおおおおおっ、肉肉肉肉肉っ！　くおおおおおっ……！」

普段クールな彼女が目を輝かせて剣を振るっている。

「テンション高いなぁ」

「リーシャさんも魔獣料理に期待しているのでしょう」

僕の隣でジルフェが微笑んだ。

「私たちは料理でがんばりますっ」

「だねっ」

シエラとレジーナが腕まくりみたいなしぐさをした。二人とも気合いが入ってきたようだ。

「あ、でも普通の包丁で切れないかもしれません、これ……」

と、シエラ。

「それなら僕が包丁を【育成進化】させるよ。他の調理用具も一通りやってみる」

僕が提案した。

そして――。


「たたたたたたたっ」

シエラが軽快に包丁で肉を切っていく。

見事なまでに大きさや厚さを均一に、手際よく処理していく。

彼女の料理の腕前に加え、僕が【育成進化】した包丁は魔獣の肉でもバターのように切ることができた。

「ほう？　なかなかの包丁さばきだ。剣を取らせても上手そうだぞ」

リーシャがうなった。

「シエラは昔から料理が得意だったからね。っていうか、家事全般がすごいんだけど――」

年若いとはいえ、メイド歴の長いベテランだけあって、シエラは本当に有能だ。屋敷にいたころも仕事のできる『しごでき』メイドとして、みんなから一目置かれる存在だった。

もちろん、本職である料理メイドのレジーナも見事な腕前を披露している。シエラ同様に熟練した手つきで下味付けから煮込んだり炒《いた》めたり盛りつけたり――流れるような作業で料理の各工程をこなしていく。

魔獣の肉以外に野菜や果実、調味料などの食材は馬車の積荷に一通りそろっているので、二人はそれらを使って次々に調理していった。

「いや、見事。レジーナはもちろん素晴らしいが、シエラもまた……本職は家事メイドだというのに、料理メイド並ですな」

ゴードンも感心した様子だ。

じゅうっ！

左右に並んだシエラとレジーナが切った肉をフライパン――これまた僕が【育成進化】で作った逸品だ――にのせて焼いていくと、たちまち香ばしい匂いが立ち込めた。

じゅうじゅう……！

「ああ、この『美味しい料理の出来上がりを予感させる音』ってたまらないよね……」

「同感だ」

「楽しみですね」

「ですな」

僕やリーシャ、ジルフェ、ゴードンも目を細めている。

「もうちょっとで出来上がりますので、待っていてくださいね」

シエラが僕たちを見て、にっこり微笑んだ。

その間もフライパンを返す手は休めない。プロだなぁ――。

やがて魔獣の肉料理が完成し、いよいよお待ちかねの食事タイムがやって来た！

「ん。美味しく調理できました」

「だねっ」

シエラとレジーナがにっこりとうなずき合う。きっと二人にとって会心の出来なんだろう。

ますます食べるのが楽しみだ。

「では盛りつけますね」

草原の上に即席で作ったテーブルを置き、葉で作ったお皿の上に肉料理が並ぶ。

屋敷で食べるのもいいけど、野外でみんなで食べるとピクニックみたいで気持ちが盛り上がるよね。焼きたての香ばしい匂いも相まって、ぐうっと盛大にお腹《なか》が鳴った。

うう、早く食べたい！

「うまそう……早く食いてー……」

あ、隣でエリオットがヨダレを垂らしそうな顔をしてる。

というか、たぶん僕も似たような顔をしてるな。

ちなみにテーブルは近くに転がっていた太めの木をリーシャが斬って作ってくれた。

そして——お待ちかねの食事タイムだ。

「んはー！　こいつはいけるぜ！」

エリオットは素直に喜び、

「む……美味い」

その隣ではリーシャが無表情ながらも、そんな感想を告げた。

「至福ですね……」

ジルフェがうっとりとした顔だ。

「『ヴィ・ゾルガ』の肉は久しぶりに食べましたが、やはり美味いですな。シンプルに塩だけで味付けしているから素材の旨味《うまみ》が活《い》き、肉の食感を損なわない絶妙の焼き加減も見事——」

ゴードンだけ料理番組の審査員みたいなコメントだ。

そういう僕も魔獣料理を楽しんでいる。

『魔獣料理』って字面は怖そうなんだけど——実際に目の前にあるのは、上質のステーキや骨付き肉を煮込んだスープ、新鮮な野菜との炒め物など、上質な料理の数々だった。

前世でもこんな美味しくて豪華な料理を食べたことはない。

「ううう、幸せぇ……」

ほっぺたが落ちるとはこのことか。

蕩《とろ》けるような美味と食感に、僕はひたすら酔いしれていた。

と——、

「うわぁ……美味そうな匂い……」

「えっ、何これ……!?」

「魔獣の、料理……!?」

匂いにつられたのか、何人かの村人がこっちに歩いてきた。ここは城壁の外側とはいえ、魔獣の脅威が去ったのは明らかだったし、僕らがこうして談笑しているのを見て、危険はないと判断したんだろう。

「あ、どうも」

僕はぺこりと一礼する。

「さっき倒した魔獣の肉を調理しているんだ。食べきれないくらいの量だから、もしよかったら一緒に食べない？」

ちょっとでも魔獣肉を有効利用できて、領主として村人たちと親睦を深めることもできれば一石二鳥だ。

――というわけで、村人たちも交えての食事会になった。

食べていると、次々と村の人たちが通りかかるので、その都度新たに魔獣肉を振る舞う。

シエラとレジーナは大忙しみたいだ。

「ごめん、二人とも……」

「いえ、これくらい大丈夫ですよ。私、料理は好きですし」

シエラはにっこりしている。

「私はこれが仕事ですから」

レジーナもにっこりしている。

「それに、みなさんが幸せそうに食べてくれるので、私も嬉しいです」

「確かに――みんなニコニコだね」

シエラの言葉に僕も嬉しくなった。

うん、やっぱり美味しい料理ってそれだけで人間を幸せにしてくれるよね。

魔獣の脅威から村を守って、最終的にこうやって食卓を囲むことができて――本当に良かった。

と、

「アーク様もニコニコです」

シエラが笑顔で僕を見つめた。

「僕、そんな顔してる？」

「してます」

ますます笑顔になるシエラ。

「アーク様が嬉しそうだと、私も嬉しいです」

「僕も一緒だ」

と、僕。

「みんなが喜んでいる姿を見ていると、嬉しくなるんだ」

言いながら、なんとなく気づいていた。

「僕、領主の仕事って堅苦しくて難しくて大変なんだと思っていた。だから、ここに来るまで不安だったんだ」

「アーク様……」

「まあ、今も不安はあるんだけど……ただ、領主の仕事っていうのは結局のところ、みんなを笑顔にすることなんじゃないか、って。今こうしてシエラたちを見ていると、なんとなく実感できたんだ」

僕はにっこりと笑った。

前世では『仕事』というものに前向きになれなかった。

まるで奴隷のように働かされ、パワハラにさらされ。ロクに休みもなく、ただ疲れ果てるまで労働させられる――。

そんなネガティブなイメージしか持っていなかった。

けれど、ここでの領主の仕事はそれとは違う。明確な目標があるし、それに対して前向きな気持ちが湧いていた。

「僕がこの村を良くしてみせる。この村の人たちや獣人たちにも、今ここにいるみんなのように笑顔になってもらいたいんだ」

それが、僕の領主としての目標。

そして、仕事なんだ。

3章　内政スタート

魔獣料理を食べ終わると、すっかり日も暮れていて、その日は野営することにした。

あまり遅くに村に入ると、前任者も僕の出迎えで大変だろうと考えたからだ。

明日の朝になってから村に入り、まずは前任者に挨拶に行こう。

「キャンプみたいでワクワクするね、こういうの」

「今日は大変でしたけど、こうしているとホッとしますね」

僕とシエラは微笑み合った。

僕らは、野営の一夜を楽しんでいた。

いくら『魔境』とはいえ、魔獣の出現頻度はそこまで高くないそうだし、交代で見張りも付けている。もちろん警戒していないわけじゃないけど、僕らは存外リラックスしていた。

今は火を囲んで、みんなで暖を取っている。

リーシャは剣の点検をしているし、エリオットはその辺を飛行魔法で飛び回って遊んでいた。

ジルフェとゴードンは見張りをしてくれていた。時間が来れば、また別の者に交代予定だ。

他の使用人たちもそれぞれ思い思いのことをしていた。

で、僕はシエラと並んで談笑している。

「あ、見てください、アーク様。星があんなに綺麗です」

シエラの言葉に空を見上げると、満天の星空だった。

現代社会と違って、ファンタジーの異世界は驚くほど夜の明かりが少ない。大都市になれば、現代とあまり変わらないレベルで明るいんだけど、この辺りの夜は完全に真っ暗だ。

だから、空を見上げると、誇張ではなしに今にも降ってきそうな星々を見ることができる。

荘厳で、神秘性さえ感じるほどの美しい情景。

そんな星空を見上げながら、僕は次第に眠気が増していった。

ああ、今日はがんばったな。

心地よい疲労感とともに、僕はまどろんでいく――。


それは夢の中の風景だったんだろうか。

まだ僕が前世の記憶に目覚める前の時期に、断片的に残っている記憶がある。

「忌まわしい……呪われた子！」

「あの村の出身の女が産んだ子など――」

「なぜ、伯爵はあんな女を迎えたのだ……」

「生まれてきた子は、きっと――」

「ええい、さっさと追放すればいいものを……」

一部の大人たちが、僕を見て露骨に顔をしかめる。

怒っている？

いや、違う。

彼らは僕を――憎んでいる？

どうして、僕を疎《うと》む人がいるんだろう。

前世でも、誰かから嫌われたことはある。

学生時代なら、なんとなくウマが合わなかったり、クラスカースト上位の人間に見下されたり。

社会人時代なら、その日の気分に合わせて罵倒してくる上司がいたり。ささいなことでマウントを取り、侮蔑してくる同僚がいたり。

そういった『負の感情』を向けられた経験なら、いくらでもある。

程度の差はあれ、誰だって経験することだろう。

けれど、そういうのとは違う。

彼らが僕に向けているのは、明確な憎悪だ。

どうして、そこまで僕を憎むんだ。

僕が――アーク・フロマーゼが一体、何をしたって言うんだ？

ただ、前世に目覚める前の記憶はモヤがかかったように漠然としていて、詳細は分からない。

なぜ憎まれているのか。その背景にどんな理由があるのか。
僕には何も分からない――。

野営から一夜明け、僕らは馬車に乗って進んだ。しばらく進むと領主の館が見えてきた。

村の中でひときわ大きな三階建ての館は、うっそうと茂る草原に建っている。そこに続く道は雑草に覆われ、外壁にはツタが這《は》い、庭園も全然手入れがされていない様子だった。

「うわー……領主の館ってこんなボロボロなんだ」

僕は領主の館に到着すると、呆然と立ち尽くした。

「この様子ですと、前任者は随分と前にこの村を放棄してしまったようですな……」

ゴードンが険しい表情になった。

「引継ぎ情報がほとんどなく、ワシも知りませんでしたが」

「えっ、父からは前任者が病気になったから……って聞いたけど」

もしかして、前任者が逃げてしまった、っていうのは監督者である父にとっても体裁が悪いから、僕にはそういう言い方をしたんだろうか。

「てっきり、こっちに来たら前任者が待っていてくれるのかと思ったのに……」

僕はため息をついた。

前世でもこういう仕事をする人、いたなぁ……。

後任に引継ぎもせず、勝手に退職した人とか。

「ロクサーヌが僕を敵視してたのも、やっぱり前任者の仕事ぶりが関係してそうだね」

「おそらく歴代の領主が、ここの仕事に力を入れてこなかったのでしょう」

と、ゴードン。

「辺境といっても、他国との国境に面している部分ではなく、この先は海——それも港にするのは難しい地形です。さらに魔獣の存在もあり、国政的に重要度は薄い、と判断されてきたはずです」

「だから歴代領主は適当な仕事をしてきた、ってこと？」

「推測ですが……」

「あり得る話だね」

つまり、ここは見捨てられた土地だ。

「僕は見捨てないぞ」

あらためて決意する。

「アーク様、館の掃除は私たちメイドにお任せを」

と、シエラや他の三人のメイドたちが進み出た。

「お任せっていっても、この状態だともっと大勢でやった方がいいんじゃない？　僕もがんばるよ」

「いいえ」

シエラが首を左右に振った。

「アーク様には領主としての仕事があるでしょう？　こういうのは私たちの仕事です」

言って、他の三人を見回す。我が意を得たりとばかりに、三人がうなずいた。

「じゃあ……お願いできるかな。僕は村を見て回るよ」

「いってらっしゃいませ」

シエラがにっこりとうなずいた。

正直、ありがたい。

掃除とか整理整頓とかは苦手なんだ。

館のことをシエラたち四人のメイドに任せ、僕はお出かけすることにした。


僕は村の中を見て回っていた。

馬車ではなく徒歩だった。自分の足で直接歩いて、村人と同じ目線でじっくりと村を見て回りたかったのだ。

ここに来て早々に魔獣が村を襲ったり、その後に村長代理のロクサーヌとひと悶着《もんちゃく》あったり、魔獣の死体処理やその後の料理パーティなどで忙しかったからね。

こうして、ゆっくりと村を見回るのは初めてだ。

「へっへーん、俺様が護衛するからな。どーんと構えてろよ、どーんと！」

エリオットがドヤ顔で僕に言った。

ちなみに同行者はエリオットとジルフェの二人だ。

リーシャは騎士隊と今後の仕事の打ち合わせをするということで、今回はエリオットとジルフェに頼んだのだった。

「私も及ばずながらアーク様をお守りします」

一礼するジルフェ。

「二人とも頼りにしてるよ」

僕は二人に微笑んだ。

「よろしくね」

「任せとけ」

「承知いたしました」

自信満々のエリオットと礼儀正しいジルフェ――好対照のコンビだ。

僕ら三人は並んで進んだ。

当然、日本みたいにアスファルトの歩道なんてなくて、舗装されてないむき出しの土の道がどこまでも続いている。

あらためて見ると――『さびれた村』という雰囲気が色濃く漂っていた。空気がどんより澱《よど》んでいる。それは魔獣の脅威に常にさらされていることと無関係じゃないだろうし、他にも大きな理由がありそうだ。

「なーんか、暗いよな。この村って」

エリオットは僕と同じ感想を抱いたみたいだ。

「理由の一つは、貧困でしょう」

ジルフェが言った。

「貧困……」

「ほとんどの町や村はそうですが、ここは特に……」

ジルフェがわずかに目を伏せた。

「税が重いようです」

と、前方から村人たちの一団がやって来る。

「もしかして、あんたが新しい領主様か？　まだ小さな子どもが魔獣を倒してくれたって聞いたが……」

「村を救ってくださったことは感謝します。でもお願い、もうこれ以上、税を取らないでください……」

「子どもが飢えているんです……どうか、子どもだけでも生きていけるように……」

「おかあさん、おなかすいたー」

彼らは一様にやつれ、青ざめていた。

どうやら満足な食事もできていない様子だ。身に着けている衣服もボロボロで、あちこち破れたままだ。

「あの……実は前任者と上手く引継ぎができていないから教えてほしいんだけど」

僕はそう前置きして、彼らにたずねる。

「この村の税はそんなに高いの？」

「高いなんてもんじゃない……」

男は苦虫をかみつぶしたような顔で言った。

「私たちを生かさず殺さず……いえ、じわじわと殺していくような重税です……」

「それも年々ひどくなっていきます……払えなかった分には利子がついて、ますます税が重くなっていくので……」

「毎日の食べるものにも困る有様です……」

他の領民たちも全員が苦しげな表情だった。

「前任者はここから逃げ出したんでしょ？　それでも税を取り立てられてるの？」

「一か月に一度、税を取り立てるための執行官が派遣されてくるんです……」

領民たちは悲痛な顔だ。

「じゃあ、領主自身はロクに統治してないくせに税だけはキッチリ取っていくってこと？

それじゃ完全に悪徳領主じゃないか！」

　僕は憤りを感じた。

「みんなの窮状は理解したよ。これまで過重な税により、みんなを苦しめていたことを領主として謝罪する」

　と、深々と頭を下げる。

　領民たちは驚いた様子だ。

「取り急ぎ、補助金という形でみんなに一定の金額を支給する。まずは急場を凌いでほしい」

　僕はそう提案した。

「そのうえで、この村の税そのものについての見直しを進め、みんなが苦しまずに生きていけるよう改革を押し進めたい」

「おお……！」

　と、

「アーク様、補助金と仰いましたが、どこから出すつもりです？　この村に余剰の予算などありませんよ」

　ジルフェが耳打ちした。

「この間の魔獣の素材を売れば、いくらかの金を得られるとは思う」

「売る？　村の中に店でもあるのか？」

エリオットがたずねる。

「いや、近隣の町に行けば冒険者ギルドがあるだろうから、そこで売るつもり」

僕は答えた。

「魔獣の素材ってけっこう高額で取引されてるって聞いたことがあるんだ」

「確かに高額で買い取ってもらえるでしょう。それでも、まったく足りませんよ」

と、ジルフェ。

「うん、分かってる。それに、今までの予算が余っていることも期待していないよ。彼らを救うための資金は」

僕はジルフェの方を振り返り、言った。

「僕の私的な財産から供出する」

「……は？」

ジルフェが目を丸くした。

普段冷静な彼のこういう顔は珍しいな。

「この状況を見過ごせないだろう」

「だからといって、アーク様の私財を投じるというのですか？　言っておきますが、アーク様に渡された資金は決して潤沢ではありません。百人を超える領民に補助金を出すほどの余裕は――」

「君たちの給料には手を付けないよ。村に来る際に渡された準備金と、僕が今まで貯めた財産を使えるだけ使う」

「それではアーク様の財産が底をつきますよ」

「僕のお金なんだから、僕の好きなように使う」

「……案外と強情ですね。いえ、昔からそうでしたか」

ジルフェがため息をついた。

「意志が強いと言ってほしいな」

「いい意味でも悪い意味でも……そうですね」

と、ジルフェ。

「反対なんだ？」

「当然です」

ジルフェが僕を軽くにらんだ。

「優しさと自己犠牲は別ですからね」

「犠牲になんてなってないよ。僕が多少不便になったり、貧乏になったところで問題ない」

僕はにっこり笑った。

「今問題なのは彼らの窮状でしょ？　僕は領主としてそれを助ける。普通に仕事をしているだけさ」

「やるじゃねーか、アーク。それでこそ領主だぜ」

エリオットがなぜかドヤ顔だ。

「困ってる連中はバンバン助けりゃいいんだ」

「そう簡単な話ではないから、私が忠告しているんですよ、エリオットくん」

ジルフェが渋い顔をした。

「あまりアーク様を焚《た》きつけないでください。私は賛成できませんね」

ジルフェがまた渋い顔をした。

「人というのは慣れる生き物なのですよ、アーク様。幼いあなたはまだ人の良い一面だけしか知らないかもしれません。ですが、人には悪しき一面もあります」

ジルフェが淡々と告げる。

「今回、補助金を出したとしたら、領民は一時的に感謝をするでしょう。今までの領主とは違う、とあなたを称えるかもしれません。ですが――」

「ですが？」

「遠からず、その状態に彼らは慣れます。そして慣れたら、どうなると思いますか？」

ジルフェが僕を見つめる。

「その状況に慣れた彼らは、次の補助金を申し出る。あるいはもっと恒久的な補助の仕組みか……なんにせよ、今よりもっと豊かな生活になるよう、領主に――僕に迫ってくる」

僕はジルフェを見つめ返した。

「それを断れば、彼らは僕を糾弾する。最初の感謝を忘れて、ね」

「……そこまでお考えでしたか」

ジルフェが驚いたように僕を見つめる。

彼は僕を八歳の子どもだと思っているけれど、中身は前世で二十数年を過ごした大人だ。

だから、人間の良い一面だけじゃなく悪い一面だって知っている。

「そのうえで補助金を出すというのですか？」

「うん」

ジルフェの問いに僕はうなずいた。

「あくまでも補助金は彼らの生活を建て直すための——そうだね、『初期投資』だと思ってほしいんだ」

「初期投資……ですか」

「僕はこの村が潤うような仕組みを生み出したいと思っている。ゆくゆくは村人たち自身で十分な生活費を稼ぎ、それで暮らしていけるようにしたい」

僕はジルフェに説明する。

「けれど、そんな仕組みは一朝一夕にはできないでしょ？　その間、食いつなぐための資金が必要なんだ」

「それまでは補助金で彼らの生活をまかなう、と?」

ジルフェがたずねた。

「そして、いずれは補助金を終了し、彼ら自身の手で彼らの生活を支えさせるということですか」

「そういうこと」

にっこりとうなずく僕。

「さすがアークだぜ」

エリオットがまたドヤ顔になって言った。

さっきからドヤ顔連発だ。

「俺もそうするべきだと思ってたんだ。うん。お前が俺と同じ考えだとはな、ははは。さすがは俺の友だちだぜ!」

「う、うん……?」

なんか、最後にとって付けたように同意したね、エリオット……。

一方のジルフェは硬い表情のまま、

「できなければ?」

「僕は糾弾されるね」

僕は、あっさり言い放った。

うん、他に言いようがないからね。

「だから、そうならないよう全力を尽くす。君にも助力をお願いするよ、ジルフェ」

「アーク様……」

「君はすごく有能だからね。期待してるよ」

「……思ったよりも肝が据わっていますね。あなたの違う一面を見た思いがしますよ、アーク様」

ジルフェが笑う。

いつもの爽やかな笑顔とは違う。どこか底冷えのする笑み――。

そして、その目は僕を値踏みする冷たい光をたたえているように思えた。


僕はさっそく自分の財産――その大半は金貨だ――を村人たちに分配する手続きを進めた。

村の人数は百人ちょっと。個々人で資産に差があるだろうから、それに応じて金額を変えるべきかもしれない。

とはいえ、一から調査していると彼らへの援助が遅れてしまう。

とりあえず、今回は一律に同じ額の補助金を村人全員に配ることにした。

さしあたって、一月ほど生活できるだけの資金をまず渡す。

獣人たちに関しては、村長宅に行って話すつもりなので、まずは人間たちの分の補助金を渡して回る予定を立てた。

これは僕やシエラ、他の使用人たちにも協力してもらって実行した。

で、二、三日のうちに村の人間たち全員に資金を渡すことができた。

おかげで村人たちの中には、僕に好意的な態度を取ってくれる者たちも出てきた。

少なくとも今までの領主とは違うと思ってもらえたみたいだ。

資金を渡すときに、僕の私財には限りがあるから、これは恒常的な援助じゃなく、一時的なものだと説明し、いずれは村人たちが自分で稼ぎ、自分の生活を支えられるようにするつもりだ、ということも併せて説明した。

そのことに前向きな気持ちを持ってくれた人もいれば、懐疑的な人もいた。

それは仕方がない。

今のところ、僕が語っていることに具体的な成果は伴っていない。現段階では夢物語だと思われても仕方がない部分がある。

そこは——今後の僕の働きぶりを見てもらうしかないんだ。

※

そのころ、ジルフェはアークの許しを得て、フロマーゼ地方まで来ていた。

『魔境』からフロマーゼ伯爵の本領であるフロマーゼ地方までは、馬車でおよそ一日の距離だ。

城に入り、伯爵と面会する。定期報告である。

「あれの様子はどうだ、ジルフェ？」

伯爵がたずねた。

「今のところお変わりなく。健やかに過ごされております」

ジルフェは一礼した。

「……ふむ。『魔境』とは『魔なる者』が活性化する地……魔獣が多く出現するのも、そこに由来しておる」

伯爵が言った。

「かの地にいれば、アークの『力』も目覚めるかもしれん――そう踏んで、領主を命じたが……」

「アーク様の『力』が目覚めた兆候はございません。ですが、あの方の魔法そのものは劇的な進歩を遂げました」

「例の【育成進化】か」

と、伯爵。

「ここにいるときは、まったくの無能魔術師であったが……」

「魔獣を迎撃できるほどの兵器は中央のごく一部にしかありません。しかし、アーク様が作成した兵器は中央のそれを凌ぐ性能を有しているかと」

「興味深いな。奴自身の魔法にはまったく期待していなかったが、まさかここに来て覚醒するとは――」

「一つお聞きしてもよろしいでしょうか、伯爵閣下」

ジルフェがたずねた。

「申せ」

「閣下は――」

ジルフェはゴクリと喉を鳴らした。

「アーク様をどうなさりたいのですか？」

「どういう意味だ？」

伯爵がジルフェをにらむ。

「お前が気にすることではなかろう？　お前にとってアークは、名目上は主人であっても、その実はただの監視対象。お前の主人はあくまでも私だ」

「心得ております」

一礼するジルフェ。

「ただ、あの方は……領主としても非凡な資質をお持ちなのかもしれません。いずれは閣下のお役に立つのではないかと愚考しまして……」

踏み込んだ意見だと自分でも承知している。

けれど、どうしても聞かずにはいられなかった。アークの将来は結局のところ、伯爵の胸三寸だ。

「わきまえろ、ジルフェ」

伯爵の返答は冷たかった。

「お前が考えるべきことは、いかに私の意に沿って剣を振るい、魔法を撃つか……それだけだ」

「……は、はい」

「お前は我が手駒の中で最強の魔法騎士。多くの働きを期待している。余計なことは考えずともよい」

「承知いたしました」

ジルフェは恭しく一礼した。

そう、自分が考えるべきは、主であるフロマーゼ伯爵の意に沿うことだけだ。アーク様はあくまでも監視対象であり、情を移すなどもっての外だった。

※

その日、僕は半ば日課と化している村の視察をしつつ、村長の家に向かっていた。

二、三日かけて村の人間たちに補助金を渡したので、今度は獣人たちの番だ。

今日のお供はリーシャだった。こういうとき一緒にいてくれるジルフェは、今はいない。僕の状況を報告するために、父がいるフロマーゼ本領に戻っているのだ。

「領主様、おはようございます」

「領主様、補助金で冬を越せそうです」

「領主様、ありがとうございます」

すれ違う村人たちは、いずれも好意的な表情を向けてくれた。

もちろん全員がこういう態度じゃない。

中には『貴族なんて信用できない』とばかりに疑いの目を向けてくる人もいる。あるいは露骨に無視をしたり、一度は脅しみたいな態度を取られたこともあった。

まあ、これは一緒にいたリーシャが取り押さえてくれたけど。

「ん？　彼らは――」

しばらく歩いていると、獣人の一団とすれ違った。

基本的にこの村は、人間は人間で、獣人は獣人で固まって暮らしており、おおざっぱに言うと村の東側が人間の集落で、西側が獣人の集落になっている。

両者が互いの領分に入ることは滅多にないそうで、まだここは西側に近づいているとはいえ、東側の集落だったから、彼らに出くわしたのは予想外だった。

「ふん、ちょっとこっち側まで様子を見に来たんだ。村の人間どもに人気らしいな」

パウルが僕を見て鼻を鳴らした。

馬鹿にしたような顔だ。

「上手く奴らに取り入ったわけだ。補助金をバラまいたんだって？」

「うん。実は今から君たちにも——」

「人間だけを贔屓《ひいき》して、俺たちには何もなしか？　あ？」

パウルが僕の言葉を遮った。

「えっ、違うよ！」

しまった、補助金を渡すタイミングがズレたせいで、変な誤解につながってしまった。

獣人たちにも早く補助金を渡したかったんだけど、人間の村人たちに補助金の趣旨を説明しながら一軒一軒回っていると、意外と時間を取られてしまったのだ。正直、ちょっとキャパオーバーになって、それ以上のことを考える余裕がなかったし、準備も間に合わなかった。

だから村人たちの分を全部配り終えてから訪れることにしたんだけど——完全に裏目に出てしまったらしい。

「自分は今までの領主とは違う、ってな顔して——結局人間なんてどいつもこいつも一緒だな」

「ああ、やっぱり人間の領主なんて信用できねぇ」

「待ってよ！　話を聞いて——」

僕は必死で訴えかけたけど、彼らは聞く耳を持たなかった。

「純真なガキの顔して俺たちを騙《だま》そうってか」

「本当に忌々しいぜ」

「さっさと村を出ていけ」

聞こえよがしにイヤミを言っている。

さっさと立ち去ればいいのに、それもせず、付かず離れずの距離で僕らをにらんでいた。

威嚇《いかく》か、それとも単なる嫌がらせなのか。

「もしアークに指一本でも触れようとしたら即座に叩きのめす」

リーシャが僕の側に寄った。

「穏便にね」

言いつつも、僕は少し怖かった。

僕にも剣の心得はあるけど、やっぱり子どもの身体能力だからね。人間よりも身体能力が高い獣人に襲われた場合、とても対抗できないだろう。

かといって攻撃魔法も使えないし……。

だから、リーシャの存在がすごく頼もしかった。

「護衛してくれてありがとう」

「これが私の仕事だ。礼など不要さ」

リーシャが淡々とした口調で言った。

「お前たち、アークの言葉も聞かずに大した言い草だな」

鋭い視線で獣人たちを牽制《けんせい》する。

と、その視線がパウルのところで止まった。

「……言っておくが、この間はお前にビビったんじゃねーぞ」

パウルがリーシャをにらみ返す。

『この間』というのは村長の館での出来事を言っているんだろう。リーシャとの立ち合いで、彼は後れを取ったのだ。

「なんなら、ここで決着をつけてやろうか？　ええ？」

「ほう？　私の実力を知ってなお――私とやり合いたいのか」

リーシャが剣の柄に手をかけた。

「面白い。獣人たちの中にも少しは骨のある奴がいたか」

「へっ、人間の中にも多少マシなのがいるらしいな」

二人の視線がぶつかり合い、火花が散っているようにさえ見えた。

緊張感が高まり、空気がピリピリしていくのを感じる。

リーシャもパウルも動かない。

まるで達人同士の探り合いだ。先に仕掛けた方がやられる……そんな雰囲気だった。

「この間は不意を突けたが」

リーシャの口元にかすかな笑みが浮かんだ。

「お前、かなりやるな」

「誰に言ってんだ」

パウルの口元にニヤリとした笑みが浮かんだ。

「この俺は村の獣人の中で最強だ。人間ごときに後れを取るかよ」

そうして、さらにしばらくの間、両者はにらみ合い、

「――まあ、いい」

パウルの方から戦闘態勢を解いた。

「お前ら、行くぞ」

と、他の獣人たちを引き連れて去っていこうとする。

「あ、待って」

僕はあることを思いつき、パウルたちを呼び止めた。

「なんだ……？」

「一つ聞かせてほしいことがあるんだ」

「聞かせてほしいこと？」

訝《いぶか》しげに眉を寄せるパウルたち。

「前の領主のことさ」

僕は彼らを順番に見つめ、

「前の領主の仕事ぶりを僕は知らない。引継ぎもしてくれなかった。だから領民である君たちから直接聞かせてほしい」

「あいつは……」

「君たちに辛《つら》く当たっていたの？」

「……！　そ、そうだ」

僕の問いに彼らはハッとした顔になった後、うなずいた。

「奴は獣人という種族自体を見下していたからな。俺たちには一段と高い税をかけていたんだ」

「それだけじゃねぇ。公的施設の使用を制限したり、何かと嫌がらせをしてきやがった」

吐き捨てるように説明する獣人たち。

「……そっか」

僕はため息交じりにうなずいた。

「教えてくれてありがとう。僕は彼とは方針が違う。君たちともいずれ分かり合いたいと考えている」

「ちっ、人間なんて信用できるか！」

獣人たちは同時に叫び、肩を怒《いか》らせて去っていった。

「無礼な奴らだ……！」

リーシャは怒っている。

「いいんだ」

僕は彼女に言った。

「彼らの素直な心情を聞けて良かったよ。あとは、僕のこれからの行動で彼らの信頼を勝ち取るしかない。村の人たちに対するのと同じさ」

「アークは優しいな……」

リーシャが苦笑した。

「私一人なら絶対ケンカになっていた」

「はは、そもそも僕はケンカできるほど強くないし」

「いや、強いさ」

リーシャの笑みが苦笑から、優しげな笑みに変わった。

「お前は心が強い。芯がぶれない強さがある。そんなお前だからこそ、私は力になりたいと思っているんだ」


その後、僕たちは村長の屋敷にやって来た。

最初は門前払いされそうになったものの、粘り強く訴えかけて、なんとかロクサーヌは面会してくれることになった。

「補助金?」

「うん、村の人間たちには二、三日かけて全員に渡したんだ。君たちにも受け取ってほしい」

僕はロクサーヌに言った。

「君たちは以前から人間よりも一段と高い税をかけられていた、と聞いたんだけど、本当?」

「……そうよ」

「じゃあ、補助金ももう少し増額した方がいいね。領主の館に戻った後、再計算して追加の額をまた持ってくる」

僕はそう提案した。

「まずこの額を受け取ってほしい。できれば、君から獣人たちに配ってほしいんだ。僕はまだ獣人たちからは信用されてないだろうし、好かれてもいない様子だから」

「……何が目的なの?」

ロクサーヌは僕をにらんだ。

「この金であたしたちを懐柔《かいじゅう》する気?」

「違う」

疑わしげな彼女を、僕は真っ向から見つめた。

「この村に生きる人たちすべてに、幸せになってほしいだけだ」

「……言葉でなら、いくらでも言えるでしょ」

「言葉だけじゃない。実際に補助金という目に見えるものを持ってきた」

僕は反論する。

「これは手始めだ。補助金頼りじゃなく、村の人たちが自活していける仕組みを、僕は作ってみせる。だけど、それにはまだ時間がかかるんだ。だから、今はこのお金を受け取ってほしい」

「……この村を良くする、って言いたいの?」

「うん。やってみせる」

「あんたみたいな子どもが――」

「僕は子どもだけど、僕にしかない『力』がある。何よりも――僕には頼もしい仲間がたくさんいるんだ」

と、背後のリーシャを見て、言った。

「お前はアークを疑っているのだろうが、私はこいつを信じている。私の剣はこいつに捧げている」

それまで黙っていたリーシャがそこで初めて口を開いた。

「君も……君たちも、いつか僕の仲間になってほしい。今日はその手始めだ」

「……人間は信用できない。あたしの意見は変わらない」

言いながら、ロクサーヌは補助金を受け取った。

「まあ、金は金だからもらっておくけど、あたしは人間たちが獣人にやって来た仕打ちを忘れない。あんたのことも……」

ジロリとにらまれる。

「いつ化けの皮が剥がれるか……見ていてあげる」


帰り道、リーシャは憤然としていた。

「まったく……都合よく補助金を受け取っておいて、結局、人間を疑うような態度は変わらなかったな」

「そうだね。彼らの人間不信は根深い」

うなずく僕。

「でも一歩前進したと思うんだ」

「前進？　そうか？」

「『いつ化けの皮が剥がれるか……』なんて言っていたぞ」

「それだよ」

リーシャの言葉に僕はにっこり笑う。

「ロクサーヌは『見ていてあげる』って言ったんだ。僕の今後を見てくれる。その結果によっては人間を見直すかもしれないでしょ」

「お前は……どこまでも前向きだな」

リーシャが呆《あき》れたような顔をする。

「君たちが一緒にいてくれるからだよ」

僕は彼女をまっすぐ見つめた。

「村長の屋敷でも言ったけど、リーシャたち頼もしい仲間が一緒だから、なんとかなるって思えるんだ」

「なら、私は剣で応えよう。言っておくが、他のことはできんぞ」

「他のことは他のみんながやってくれるさ。もちろん、僕もね」

――そんなことを話しながら、僕はリーシャとともに領主の館まで戻った。

使用人たちの大半が館の前で出迎えてくれた。

「あれ？　戻ってたんだ、ジルフェ」

そこに騎士服の美青年の姿を見つけ、僕は声を上げた。

彼は数日の間、父上のいるフロマーゼ本領を訪れていたはずだ。

「はい、伯爵への報告を終えて、先ほど」

ジルフェが一礼する。

「父上は何か言っていた？　僕のこと」

「元気そうで何より、と。アーク様のことを気にかけておいでですよ」

と、ジルフェが微笑み、僕はホッとした気持ちになった。

追放されたとはいえ、完全に見捨てられたわけでもなさそうだ。

「あ、そうだ。これから村のインフラも見て回りたいんだ。戻ってきて早々で悪いんだけど……ジルフェに一緒に来てもらってもいい？」

「すでに休息は取りましたし、もちろん構いませんよ」

一礼するジルフェ。

「お供いたします、アーク様」

「私も行こう」

と、リーシャが進み出た。

「さっきも一緒に来てもらったし、ジルフェがいるから大丈夫だよ」

「いや、私も護衛として必要だろう。さっきみたいに獣人たちに絡まれるかもしれん」

リーシャが言った。

「じゃあ、お言葉に甘えようかな。リーシャ、ジルフェ。僕と一緒に来て」

「どちらに行かれる予定ですか、アーク様」

「まず井戸を見たいな」

ジルフェの問いに答える僕。

村の水回りについて確認しておきたい。

――というわけで、僕らは井戸がある中央広場まで進んだ。

この広場は年に何度かある村の祭りなどの催しで使うそうだけど、普段はポツンとした空き地だ。

広場の端に大きな井戸があった。

「確か、領民の生活用水ってこの井戸で全部まかなってるんだよね？」

「はい。井戸は村の中でこれ一つだけだそうです」

と、ジルフェ。

「う～ん……やっぱり、それだと不便じゃない？」

僕はうなった。

「実際、順番を巡ってのトラブルが、特に人間と獣人の間で頻繁に発生するようですね」

ジルフェが言った。

「一つしかないと、どうしても順番の取り合いになるよね」

「増やせばいいんじゃないか？」

リーシャが言った。

「単純な話だろう」

「井戸を増やすのは、簡単にはいきませんよ」

と、ジルフェ。

「そのための道具も、知識を持った者も不足していますし」

「うーん……あ、そうだ。井戸よりも水源から村まで水を引いてきた方がいいかもしれない」

僕はハッと思いついた。

「要は——上下水道をこの村に作るんだ」

「上下水道……ですか」

ジルフェは面食らった様子で、

「それこそ新たな井戸を掘る以上の手間と、それに人手が必要でしょう？」

「でも、井戸が増えるより上下水道を完備した方が、生活には便利でしょ」

「ああ、助かると思う」

リーシャがうなずいた。

「それはそうですが……現実的にそんな大規模な土木工事は不可能です」

ジルフェが言った。

「一朝一夕にはいきませんし、人を雇うにしても莫大《ばくだい》な資金が必要です。ただでさえ領民に補助金を出して財政が厳しい中で、そのお考えは現実的ではないかと」

「ふふ、僕には【育成進化】があることを忘れてない、ジルフェ？」

僕はにっこりと笑った。

「【育成進化】――」

ジルフェが僕を見つめた。

「土木工事用の道具を作り出す、と？」

「そういうこと」

うなずく僕。

投石機が進化したら『レールガン』になったことを思い返す。

投石機は原始的な機構の兵器だけど、レールガンは科学的な機構を持つ兵器だ。なら、他の道具でも同じように『科学的な機構を持つ道具』へと進化する可能性がある。

たとえば、スコップや荷車なんかを――。

「試したいことがいくつかあるんだ。いったん屋敷に戻ろう」


「あら？　アーク様、おかえりなさいませ！」

領主の館に戻るとシエラが出迎えてくれた。

「お食事になさいますか？　準備はすでにできてます」

「ありがとう。でも、悪いんだけど食事はもう少し後にするよ。先に片づけたい仕事があるんだ」

僕はシエラに言った。

「倉庫の方に行くね。シエラも一緒に来てもらってもいい？」

「私……ですか？」

キョトンとするシエラ。

「うん、それにジルフェやリーシャ……あとゴードンも呼ぼう」

「私たちにも何かお手伝いできることが？」

「うーん……それは道具を作った後のことだね」

僕はにっこりと笑った。

「できれば、全員に操作を覚えてほしくて」

「操作……？」

シエラがまたキョトンとした。


僕はシエラたちを伴い、倉庫にやって来た。

そこには様々な用具が収納されている。

僕が探しているのはスコップや荷車だ。

「こちらです、アーク様」

シエラがすぐに見つけてくれた。

「よし、モフピー。出てきてくれ」

ぽんっ。

僕の声に応え、空中に白煙が立った。

白いもこもこした体の謎生物モフピーが出現する。

「ちゃんと説明してなかったかもしれないけど、モフピーは僕の魔法のナビゲーターみたいな存在なんだ」

僕はシエラに言った。

「たとえば、対象を【育成進化】させるときに、どんな材料が必要なのか、どれくらいの時間がかかるのか。最終的にどんな形状になるのか……とか、いろんなことを教えてくれるんだ」

「へえ、有能なんですね」

「うん、魔獣を撃退できたのはモフピーのおかげだよ。しかも能力がすごいだけじゃなくて、もふもふっぷりも最高なんだ」

「有能なうえに可愛い……最高じゃないですか！　きゃー！」

シエラは叫んでモフピーを抱きしめた。

「うわー、すっごいもふもふ〜！　柔らかい〜！」

モフピーのモフモフした体に顔をうずめ、大喜びだ。

うん、気持ちは分かるよ、シエラ。可愛いよね、モフピー。

っていうか、僕もモフモフしたくなってきた。

次、代わってね、シエラ。

と、心の中で呼びかけておく。

――シエラのモフモフタイムはその後しばらく続いた。

「アーク様」

背後からゴードンが語りかける。

「あ、ごめん。いつまでもモフモフタイムだと作業が進まないよね」

「すみません、ゴードンさん」

僕とシエラがそろって謝る。

しーん。

静寂が流れた。

まずい、もしかして本気で怒ってる、ゴードン?

「あの、これからちゃんと作業を進めるから――」

「……ワシも」

ん?

「できますれば、少しだけでも……モフモフタイムを」

「ゴードン?」

「あ、ど、どうぞ……」

シエラも半ば呆気《あっけ》にとられた様子でモフピーを差し出す。

「おお、よろしいのですか！　では、不肖ゴードン、モフモフを堪能させていただきたく！

きゃわえええええええええええ！」

ちょっとゴードン⁉　キャラ崩壊してない⁉

——それからしばらくの時間が経ち、

「モフピー、さっそくだけど土木作業用にスコップや荷車なんかを【育成進化】させたいんだ」

シエラやゴードンがひとしきりモフピーをモフモフして、その後に僕もモフモフしてから、
本題に入った。

で、とりあえずスコップと荷車をレベル２まで【進化】したところで、

『スコップを育成レベル３に【進化】可能です』

『【進化】先がツリー分岐しました』

……ん？

「ツリー分岐？」

これは初めてのパターンだぞ。

「詳しく教えて、モフピー」

「もきゅ」

モフピーがタブレットを差し出す。

そこに表示されていたのは、

『【進化】先がツリー分岐した場合、どちらに【進化】させるのかを選択することが可能です』

『スコップの【進化】候補その1：ハイパースコップ』

『スコップの【進化】候補その2：魔導ショベルカー』


「ショベルカー……って、現代日本の重機みたいな感じになるの？」

思わずたずねてしまったけど『現代日本』って言葉を出しても、モフピーには通じないよね、きっと。


『「ゲンダイニホン」……用語の意味不明です』

『スコップの【進化】候補その2を選択することで、スコップを重機へと【進化】可能です』

「へえ、じゃあそれにしよう。魔導ショベルカーを選択するよ」

僕はモフピーに言った。

『育成レベル3『魔導ショベルカー』に【進化】するためには『素材：雷電鉱石』が必要となります』

「『雷電鉱石』……前にも掘り出したアレだね」

よし、さっそく掘りに行こう。

「ふう……これくらいの量があればいいよね」

僕はリーシャたちと一緒に『雷電鉱石』を掘り出した。けっこうな肉体労働で、僕はすっかり汗だくだ。

「こういう仕事は私たちに任せればいいのに……」

「僕も何かしたいんだよ」

リーシャの言葉に僕は微笑んだ。

「きついけど……でも充実感があるし」

前世でも『きつい仕事』はやっていた。

というか、毎日そうだった。

けれど、充実感なんてなかった。

ただ、毎日が苦痛で、仕事は嫌で嫌で仕方のない作業でしかなかった。

「でも、今は違うんだ――」

僕は口元が自然に緩むのを感じた。

と、

「お、お疲れ様です、領主様……」

数人の村人が通りがかり、話しかけてきた。

挨拶以外でこうやって声をかけられたのは初めてかもしれない。

「あの……村の施設をいろいろと作ってくださってると聞いたんですが……」

「その石を使うんですか？」

「うん。今は村の水道事情を改善しようとしているところ。井戸が一つだけだと不便だと思って」

「えらく疲れてるようですが……」

「汗びっしょりですよ」

「はは、僕は子どもだから体力面はどうしてもね」

僕はにっこりと笑った。

「領主様……」

「俺たちのために……」

村人は目を潤ませていた。

なんだか感激しているみたいだ。

「どうかした？」

「ありがたいです……」

彼らは目を潤ませていた。

「今まで、こんなことなかったから……」

「本当に、どの領主様も俺たちのことなんて、どうでもいいみたいで……」

「――僕は村のために働きたいと思ってるよ」

真剣な表情になって僕は言った。

「みんなの役に立ちたいし、みんながより快適に過ごせるように仕事をしたい。一気に改善するのは難しいけど、少しずつ確実に――成果を出してみせるよ」

「領主様……！」

村人たちの目がウルウルしている。

きっと、今までの領主たちは村人たちの生活を良くすることなんて何も考えずに放置してたんだろうな。

彼らを見ていると、それまでの領主たちの統治がなんとなく想像はついた。

「彼は今までの領主とは違う」

リーシャが村人たちに言った。

「私が保証する。屋敷でずっと、こいつのがんばりを見てきたからな。ひたむきに、まっすぐに努力する姿を」

「おお……！」

村人たちがさらに目をウルウルさせる。

……リーシャにまでそんな風に褒められると、さすがに照れるな。

でも、ここは『照れ』じゃなく、領主として『毅然《きぜん》とした姿』を見せよう。

「がんばるよ。これからの僕の仕事を見ていてほしい」

僕はそう宣言した。


そして――。

「できたー！」

僕の前にはショベルカーやダンプトラックなど、まるで現代日本と見間違えるような重機の数々が並んでいた。

「これは……カラクリによる車、でしょうか？」

ジルフェが驚いている。

「魔導王国メキラル辺りには、このような魔法機構の車が存在すると聞いたことがありますが……」

「えっ、あるんだ？」

ファンタジー世界だと思っていたけど、機械文明的に似たような道具が発達している国もあるのかな。

いつか行ってみたいな。

「……と、それはともかく、今は水道作りだね」

完成した『魔導ショベルカー』をシエラに操縦してもらうことにした。

……ちなみに僕だと手足が短くてハンドルやブレーキなどに足がちゃんと届かないので断念した。

シエラはすごく器用だし、呑みこみもいいので、代わりに運転を頼んでみたのだ。

すると、

「なるほど……これを、こう……覚えました！」

乗り始めて五分もしないうちに、シエラはコツをつかんでしまったようだ。

「シエラ、すごい！　覚えるの早いね！」

僕は感心して叫んだ。

「ずるいぞ！　俺にも操縦させろよ！」

エリオットが抗議した。

「いや、君だとハンドルとかブレーキに手足が届かないよ。僕もだけど……」

「むむむ……」

エリオットは恨めしそうに自分の手足を見つめた。

「私は遠慮しておこう。あまり器用な性質《たち》ではないからな」

と、リーシャ。

「馬を乗りこなすことには自信があるが、こういう無機物はまた勝手が違うだろう？　あまり気が進まない」

「なんにでも向き不向きはあるからね。リーシャは得意分野の剣で活躍してもらうよ」

僕はフォローを入れておいた。

その後、他の使用人たちにも試してもらったけど、結局シエラの操縦が他の人間に比べて群を抜いて上手い、ということが分かった。

シエラって物覚えがすごく早いし、器用なんだよね。さすがは『しごでき』メイドだ。

「有能感で背後にオーラが見える……！」

「えへへ。では、この、えっと……『しょるべるかあ』は私が運転しますね」

「うん、ショベルカーだけどね」

「しょべるんかあ、ですね！　なるほど」

「う、うん……」

有能だけど、横文字はちょっと苦手なんだね、シエラ……。


——というわけで。

僕の指示に従い、シエラは見事にショベルカーを運転してみせた。

うぃいん、がしゃん。

うぃいん、がしゃん。

地面を掘り、一定の幅や深さで溝を作っていく。驚くほどの手際の良さで、どんどん溝作りが進んでいく。

「すごいなぁ……」

僕は感心しきりだった。

現代日本でも重機の運転って専用の免許がいるはずだし、そもそも自動車自体を初めて触ったはずの彼女が、ここまで熟練した操作を見せるなんて。

「本当に優秀な方ですね、シエラさんは」

ジルフェが言った。

「うん、僕にはもったいないメイドだよ」

にっこりうなずく僕。

「みんなに支えてもらってばかりだ、はは」

「――そのようなことはないでしょう」

ジルフェがつぶやいた。

「えっ」

「あなたのような方だからこそ、シエラさんのような人がついてくるのですよ。リーシャさん然り、ゴードンさん然りです」

ジルフェの口元に微笑みが浮かぶ。

「私も……叶うなら、これからもあなたの側で仕えたいと思っています」

「もちろん。頼りにしてるからね！」

僕はジルフェに微笑みを返した。

「そうですね。叶うなら……仮初《かりそめ》ではなく、本当の主従に――」

ん？　なんか思わせぶりな言い方だな。

まあ、ジルフェの元々の主人は父のフロマーゼ伯爵だしね。僕のところに来ているのは、いわば『出向』みたいなものだし、今後のことは分からないって意味か。

でも、できればこれからも側にいてほしいなぁ。

――その後、魔導ショベルカーで溝を作っていき、掘り出した土は魔導ダンプトラックで運び、さらに魔導ブルドーザーで整備し……と土木工事を進めていった。

僕が作った一連の重機は、現実世界のそれに比べても性能が高く、あっという間に工事が進んでいく。たった三日ほどで村の近くに流れる川の上流から村の要所の何カ所かにまで水を引っぱってくることができた。

さらにその各箇所に浄水場などの施設も【育成進化】で作っていき、一週間も経たないうちに村の水道事情は劇的に改善した――。


「水道関係の工事は一段落したし、次は――そうだ、城壁を強化しておこうかな」

施設の細かいチェックをジルフェに託した後、僕は村の外に向かって歩き出した。

と、

「アーク様、ちょっと働きすぎです！」

シエラが怒ったような顔で追いかけてくる。

「うーん……でも魔獣がいつ現れるか分からないでしょ。城壁を【進化】させられる範囲は五十メートルくらいだし、村全体を囲うためには、まだ千回以上も繰り返さないと無理だ」

「確かにそれは大切ですが……では、私も一緒に行きます」

シエラが申し出た。

「僕一人で大丈夫だよ」

「駄目ですっ」

シエラがずいっと顔を近づけた。

「じ、じゃあ、一緒に……」

「はい」

僕らは並んで歩く。

城壁は育成レベル２だ。

この村は六角形に近い形で、その一辺はおよそ十キロメートル。つまり全周で六十キロくらいだった。

僕が一回の【育成進化】で【進化】させられる城壁はだいたい五十メートルくらいだから――。

「二十回でやっと一キロ……全周を覆うには千二百回くらいか」

さすがに気が遠くなる回数だった。

たぶん僕の魔力量から考えて、一日に五百メートルから一キロくらいが限界かな。

「いや、魔力を振り絞れば、二、三キロくらいはいけるか……?」

「あ！　また無茶しようとして！　村の防衛も大事ですけど、そのためにアーク様が倒れたらなんにもならないんですからね！」

すかさず、といった感じでシエラに注意された。

「もっと自分の体をいたわってください」

確かに、無茶をしたところで後が続かない。それに他の仕事だってあるんだし、村の全周を【城壁レベル2】で覆うのは長期戦でいくか。

「うん、そうするよ」

僕はシエラの意見に素直に従うことにした。あんまり心配かけたくないからね。

と、そのとき――。

「……ん？」

ふと、足元に水たまりが見えた。

ぼやぁ、と目の前が揺れる感じがして、水たまりに映った自分の姿も揺れる。

「………？」

僕は足を止めて、水たまりを覗《のぞ》き込んだ。

僕の姿が、普段と違う。

雰囲気が、違う。

「疲れてるのかな、僕……？」

どことなく禍々《まがまが》しいオーラをまとっているようにすら、見えた。

「どうしたんですか、アーク様？」

シエラが怪訝そうに振り返る。

「い、いや……ねえ、シエラ。僕、いつもと違うかな……？」

「？　いつもと同じアーク様ですよ」

「僕の顔、違ってない？」

「？？？　いつも通り、可愛らしくて美少年です」

シエラはにっこり笑った。

僕もつられて笑う。

「ありがと。シエラも美少女だよ」

「まあ！　ありがとうございます！」

シエラが嬉しそうな顔をした。

もう一度水たまりを見る。

僕の顔はいつも通りだった。きっと疲れていたせいで、僕の顔が普段と違うように見えたんだろう。

「やっぱり働きづめはよくないかな……」

ただ、この村のためにがんばるのは充実感があって、つい張り切っちゃうんだよな。人のためにがんばるって……自分の中から力がどんどん湧き上がってくる感じなんだ。

「アーク様、適度に休憩を取ってくださいね」

シエラはそんな僕の気持ちを見透かしたように注意してくれた。

その日は【城壁レベル2】の範囲をきっかり一キロまで伸ばし、僕はシエラと一緒に領主の館へと戻る。

今日の仕事はこれくらいにしておこう。

よし、明日もがんばるぞ！

※

「なるほど……あの村にいるようですね。我らが同胞が」

彼は空高くに浮かび、村を見下ろしていた。

ここからでも感じる、濃密な魔力。

潜在的ではあるが、信じられないほどの魔力をあの少年は秘めている。

そしてそれは彼らの軍勢にとって役立つ力となるだろう。

いずれ人間界に攻め入るときの戦力として。

「まずはその力を見極めさせてもらいましょうか。【魔獣召喚《しょうかん》】」

彼が魔法を発動すると空間が歪《ゆが》み、巨大な魔獣が地面に降り立った。

「さあ、行きなさい。『紅火砲獣《ラ・ツェレン》』」

新たな脅威が、村へと向かう――。

※

アーク様、今日もがんばってたなぁ……。

シエラはうっとりした顔で彼のことを思っていた。

彼のことは赤ん坊のころから知っている。

母がフロマーゼ家に仕えるメイドだったから、シエラもフロマーゼ家によく遊びに来て、アークのことは赤ん坊のころから知っている。

小さな子どものころから聡明で落ち着いた男の子だった。

この年ごろなら普通は女の子の方が大人びていることが多いが、アークは違った。まるでシエラよりずっと年上のような落ち着きや余裕を見せることが何度もあった。

知能や体力に関しても同世代の男の子よりも、かなり優れていたように思う。剣技は指南役のリーシャが目を見張るほどだし、知能に至っては大人顔負けといってよかった。

だが、アークの魅力は卓越した能力よりも、むしろその素直な心根にあると彼女は思っている。

子どものころからアークは彼女によく懐いてくれた。

同年代の人間が周囲にあまりいなかったこともあるのだろうが、よく一緒に遊んだものだ。

彼女にとってアークは母の主人の息子というよりは、親戚の子どものような感覚だった。

同時に、彼の姉のような感情も持っていた。

それはシエラが母と同じくフロマーゼ家のメイドになってからも変わらなかった。

彼女が屋敷で働き始めてから数年後、母が流行り病でこの世を去ったとき、一日中泣きはらし、起き上がる気力すらなかった彼女に寄り添ってくれたのはアークだった。

天涯孤独になった彼女にとって、アークこそが唯一の家族となった。

だから、彼の力になりたいし、彼が苦しいときは寄り添いたい。彼が喜んでいるときは、自分も側で笑っていたい。

シエラにとってアークは主であると同時に、愛する弟のような存在でもあった。一番身近で彼の成長を見続けてきた。

彼の良いところを、誰よりもたくさん知っているという自負もある。

そんな『彼の良いところ』が周りの人間にも伝わり、共有されていくことに喜びを感じるのだ。

と、

「なんだ、さっきからニヤニヤして？」

リーシャが不思議そうにシエラを見た。

「えへへ、アーク様、みんなに認められてきてますよね」

「ん？　そうだな。領主として精力的に働いているし、領民に対しても偉ぶらず、彼らと同じ目線で話している。そして、彼らの生活が良くなるように尽くしている。現状では良い領主として活動しているんじゃないか？」

「ですよねですよね！」

「勢いすごいな」

「すごいのはアーク様です！　まだ八歳だというのに、本当にご立派」

「まあな。まだ八歳の子どもだとは信じられんほど聡明だ」

言って、リーシャは小さく噴き出した。

「しかし、アークのことになると目が輝いているな、お前は」

「えっ」

「本当に好きなんだな、アークのことが」

「はい、大好きです！」

シエラが力強くうなずいた。

「アークも幸せだ、お前のようなメイドが側で仕えてくれて」

「リーシャさんだって」

シエラが微笑む。

「ううん、リーシャさんだけじゃありません。他にもいろいろな人がアーク様を慕って、認めて、側で支えてくれています」

「あいつは確かに聡明で魔法の力もすごいが、どこか危なっかしさを感じるところがある。だから放っておけないんだ」

「危なっかしい……ですか？」

「リーシャさんの言う通りですね。あの方の頭脳や剣技、そして魔法の力も素晴らしいですが、どこか危うさを感じるのも事実です」

と、ジルフェがやって来た。

「特に領民たちとの距離が近すぎるのは気になりますね」

「ジルフェさんまで……」

シエラの気持ちが沈んだ。

二人がそろって言うなら、やはりアークのやることは危なっかしいのだろうか？　それは後々、彼に災いとなって降りかからないだろうか——。

「アーク様がよくがんばっていることは認めていますよ。ここまで大きな失点もなく、素晴らしい仕事ぶりです。ですが……だからこそ」

ジルフェの横顔に暗い影が差した。

「私は危惧しているのです」

「危惧……ですか？」

シエラが眉を寄せる。

彼が何を言いたいのか、今一つ分からなかった。

「以前、アーク様に言ったことですが、領民たちはいずれ今の生活に慣れます。生活レベルが上がれば、やがてはその『上がった生活レベル』を当然のものとして認識するのです。つまり――」

「彼らは、際限なく生活レベルの底上げを要求し続ける……？」

「その通りです。アーク様は彼ら自身に稼がせ、彼ら自身の力で生活レベルの底上げを実現させようとしているそうですが……どうなることか」

「なーんだ、アーク様はそこまでお考えなんですね。じゃあ、心配ないですよ」

シエラはにっこり笑った。

「いや、不確定要素が多いですし、この先どんなトラブルが起こるか分かりませんよ」

「なら、私たちが支えればいいんです。そのための私たちでしょう？」

「……意外と肝が据わってるのですね、シエラさんは」

ジルフェが苦笑した。

「何があっても、私はアーク様の一番の味方ですから」

「……アーク様も幸せだと思いますよ、あなたのようなメイドが側についていて」

ジルフェが先ほどのリーシャと同じことを言って微笑んだ。

※

「ふう……今日もがんばったぞ……」

僕は露天風呂に浸かっていた。

夜空に満月が白く輝いている。

ちなみにこの風呂は、もともとは村の外れにあった小さな源泉を、僕が進化させて作ったものだ。

自然にあるものについても、無機物なら【育成進化】の対象になるようだった。植物に関しては【育成進化】できなかったけど——。

「うん、極楽極楽～」

僕は湯船に胸まで浸かり、心地よさにうっとりした。

と、

「お邪魔しますね、アーク様」

背後から人の気配がする。

この声は——。

「シエラ⁉」

「これが露天風呂なんですね。私、初めてです」

シエラが微笑んだ。

タオルで体の前を隠しているとはいえ、白い素肌がむき出しでドギマギしてしまった。

シエラは僕が子どもだから無防備に裸を晒《さら》しているんだろうけど、僕の精神はいちおう成人男性なわけで……。

「？　どうかしましたか、アーク様？　目が泳いでません？」

「い、い、いや、泳いでないよぉ……」

動揺して声が裏返ってしまった。

「隣、いいですか？」

「えっ？　あ、う、うん」

僕はますますドギマギしつつ、うなずいた。

「では」

ぱしゃり。

シエラが僕のすぐ隣で湯船に浸かった。

僕と同じく胸元まで――。

湯船に入るときはタオルを外しているので、濁った湯を通して彼女の裸がぼんやりと見えている。無防備すぎるけど、シエラは僕がこんなことを考えているなんて、全然想像してないよな……。

彼女からしたら、僕は八歳の子どもでしかないんだから。

そう思うと、自分がドギマギしていること自体に罪悪感を覚えてしまう。

ごめんよ、シエラ……。

「どうかしましたか？　さっきから様子が変ですよ？」

シエラが僕をジッと見つめた。

「もしかして」

ぎくり。

僕は思わず背筋を伸ばしてしまった。

「や、やましいことは考えてませんっ！」

「？？？」

反射的に叫んだ僕に、シエラはキョトンとした顔をした。

「何か悩みでも……と思ったのですが」

「あ、ああ、そういうこと……」

「でも、そんなことは聞くまでもないですよね」

シエラが顔を伏せた。

「そんな年齢で大きな責任と負担がかかる領主をされているんですもの。悩みがない方がおかしいですよね……」

彼女が僕の肩に腕を回してきた。

そのまま抱き寄せられる。

温かで柔らかな体――。

ああ、こうして抱き寄せられていると、すごく落ち着く。家族と触れ合っているような感覚だった。

そうだ、シエラは僕の一番近しい家族なんだ。

「私が側にいますからね。いつでも、いつまでも――」

「シエラ……」

「だから、ご自分がお一人だと思わないでください。辛いことがあったら、なんでも話してくださいね」

「ありがとう、シエラ」

ああ、癒やされていく。

「君が側にいてくれてよかった……本当に」

「えへへ、私もアーク様の側でお仕えできて幸せですよ」

シエラがにっこりと笑う。

月明かりの下で、その笑顔は――。

まるで慈愛の女神のようだと思った。


――ずんっ……！


突然、地響きがした。

「えっ……？」

なんだ、地震か⁉

そう思ったけど、感じが違う。

もっと地表から直接的に、重々しく響いてくる。

「地震じゃない、まさか――」

僕はゴクリと息を呑んだ。

シエラも表情をこわばらせていた。

「魔獣の襲来――？」

4章　領地防衛戦2

僕は急いで着替えると、シエラには屋敷で待機するように言って、温泉から村の外に向かった。

「アーク！」

「アーク様！」

リーシャやジルフェが走ってくる。

「この地響きって、やっぱり魔獣だよね？」

「魔力の反応からして、おそらくは。我々も確認に向かうところです」

と、ジルフェが言った。

「前回みたいに『魔導レールガン』で倒せるかな？」

「相手によるでしょうね。前回の相手はランクD＋。それより強力な相手なら、通用しない可能性もあります」

「えっ、この間の奴ってDランクなの……⁉」

けっこう強そうだったのに——。

「魔獣は『魔界』という異世界から現れるモンスターです。そのランクはAからEまでに分かれていて、最弱のEランクでさえ、町を壊滅させられるレベルの戦闘能力を備えています」

説明するジルフェ。

僕も魔獣については、そんなに詳しくない。ここは彼に一通り教えてもらおう。

「強力な個体になればなるほど、この世界に現れるのはまれです。現在、生息が確認されている魔獣の九割以上はCからEランクまで——これらは強国の騎士団や魔法師団を数十人、あるいは数百人単位で集めれば、なんとか討伐できるレベルですね」

「じゃあD＋でもかなり強いんだね」

「その通りです。この間の魔獣《ヴィ・ソルガ》を一撃で倒したアーク様の防衛兵器は破格の性能だということになりますね」

僕の問いにジルフェがうなずいた。

「Bランクになると大都市でさえ攻め落とされるレベルになります、そしてAランクは——」

と、そこでいったん言葉を切る。

「魔獣といっても高い知性を備えていて、伝説の魔族と同レベル——あるいは魔族そのものとみなされることもあります」

「魔族——」

ファンタジーでおなじみの種族である。

ただ、この世界における魔族というのは、ほとんどおとぎ話の存在だった。ここ数百年で実在を確認されたという話はないそうだ。

「魔獣のランクっていうのは、どうやって測定するの？」

「基本的には種族によってランクが決まっています。もちろんその中でも能力には個体差がありますが……おおむね、ランクの範囲内に収まる程度でしょう」

と、ジルフェ。

「先日、伯爵本領まで行った際に、私は書庫で魔獣について記述された書物を読破してきました。大概の魔獣の情報は記憶していますから、姿を見れば、そのランクも判定できると思います」

「へえ、すごい……」

確かにこの間、急に呼び出されたとかでジルフェは父の元に行ったことがあったけど——あんな短期間で魔獣のことを調べてくれてたんだ。

「本当に有能だよね……」

「少しでもアーク様のお役に立ちたいので」

「いつもめちゃくちゃ役に立ってくれてるよ」

僕はジルフェに微笑んだ。

「ありがとう、ジルフェ」

「——どんな困難があろうとも、私がお支えしますよ、アーク様」

ジルフェが突然、その場に跪《ひざまず》いた。

「ジルフェ……？」

まるで僕に仕える騎士そのままの仕草で――。


僕らはさらに進む。

「そろそろ姿が見えてくると思います」

村の最外縁である城壁が近づいてきた。

「私が【遠視】の魔法で確認します」

言って、ジルフェは飛行魔法で城壁の上まで飛び上がった。

「あれは……」

【遠視】を使ってすぐに彼の表情が曇った。

「もしかして、強いやつなの？」

「かなり……」

ジルフェは地面に降り立つと、苦い顔でうなずいた。

「『紅火砲獣《ラ・ツェレン》』です。その名の通り、火炎系の魔法弾を連射してくる砲撃タイプの魔獣ですね。魔法弾は通常の城壁なら一発で破壊されます」

と、ジルフェが解説する。

「この村の城壁はアーク様が強化されていますから、通常よりは強固だと思いますが、それでも——」

「じゃあ、村の外縁部が奴の射程内に入る前に、こっちから出向いて仕留めた方がいいね」

僕は表情を険しくした。

「今回は遠距離砲撃戦だ。『ラ・ヴェレン』の防御力は？」

「防御力自体は並です。ただ、奴は攻撃だけではなく迎撃能力にも優れています」

ジルフェはあいかわらず苦い顔だ。

「こちらからの攻撃は基本的に『ラ・ヴェレン』の砲撃によって撃ち落とされる確率が高いです。火力だけでなく精度も優れていますから」

「攻守ともに完璧、ってことか……」

厄介な相手だった。

「いったん屋敷に戻って作戦を練ろう。ゴードンにも意見を聞かないとね」

僕らは屋敷に戻り、ゴードンとも戦術の相談をした後、リーシャを始めとした騎士隊を集めた。

「今回の相手は遠距離攻撃を主体にしてくるから、リーシャたち騎士隊の出番が来る可能性は低いと思う」

「そこで騎士隊にはアーク様の側に待機してもらいたい」

僕が説明し、隣のゴードンがそれを受けて補足する。

「後は戦況に応じて臨機応変に動いてくれ。ワシもいざとなれば加勢する。まあ、年なので基本的には静観させてもらうが」

言って、ゴードンは隊長であるリーシャを見つめた。

「魔獣に防衛線を突破された場合――あるいは村の中にまで侵入を許しそうな場合、すぐに村人たちの避難誘導を始めてほしい。その際の指揮は任せるぞ、リーシャ」

「了解しました」

と、リーシャがうなずく。

それから僕の方を見て、

「だが、いざとなれば私は近接戦闘を挑むからな」

「えっ、それは……その、相手の様子を見てからにしてね」

僕は苦笑いをした。

「ま、今回は俺様がズバーンと魔獣をブッ飛ばすから、お前らは黙って見てろってことだ」

エリオットが張り切っている。

「ドカーンと！　こうバッシーンと！　俺様の必殺魔法が炸裂《さくれつ》するからな、見てろよ見てろよ〜！」

「あくまでも『魔導レールガン』での攻撃が本命だからね」

僕は釘を刺した。

放っておくと、エリオットはいい格好をしようとしてすぐ独断専行するからなぁ……。

「僕らが取れる攻撃手段の中で、もっとも射程距離が長いのはレールガンだ。こいつで仕留めることができれば、誰もリスクを侵さずに魔獣を撃退できる」

「それが最善ですね」

と、うなずくジルフェ。

「エリオットくんも自重してくださいね」

「けど、この間の魔獣は俺の活躍があったから倒せたんだぞ」

「それはそれ、これはこれです」

「むむ……」

ジルフェに言われ、エリオットは口ごもった。

意外とジルフェの言うことは聞くんだよね、エリオットって。

「まあ、しゃーないか。けど、俺の助けが必要ならすぐに言えよ」

「うん、頼むよ」

言いつつも、僕はレールガンだけで戦いが終わることを願っていた。

そう、ノーリスクで魔獣を倒せれば、それが一番いい。

そして――僕らにとって二度目の魔獣防衛戦が始まる。

僕は城壁のすぐ外に設置してある『魔導レールガン』まで移動した。

ジルフェとリーシャ率いる騎士隊が僕の側につき、エリオットには上空に待機してもらっている。

「『魔導レールガン』、発射まで十秒――九、八、七……」

カウントダウンしながら、『魔導レールガン』の狙いをつける。

幸い、『ラ・ヴェレン』の動きは遅い。狙いがつけやすくて助かる。

「……三、二、一――発射！」

ごうんっ！

電磁加速された弾丸が一直線に撃ち出される。魔獣『ヴィ・ゾルガ』を一撃で倒した必殺の砲撃だ。


――どんっ！


『ラ・ヴェレン』の前方で赤い炎が弾けた。

こちらの砲撃が着弾した様子はない。

「……えっ？　外れた？」

僕は戸惑った。

ちゃんと狙いをつけて撃ったつもりだったけど――。

「とりあえず、もう一発！」

ごうんっ！

ふたたび電磁加速された弾丸が魔獣に向かって撃ち出されたが、
どんっ！

やっぱり赤い炎が弾けるだけで、『ラ・ヴェレン』は無傷だ。

「まさか……！」

僕はハッと気づいた。

「レールガンの弾を撃ち落とされてるのか……!?」

超高速で迫る弾丸を正確に撃ち落とせるとは――恐るべき迎撃能力だった。

さすがに高ランクの魔獣だけあって、前回の『ヴィ・ゾルガ』防衛戦とはわけが違うようだ。

「へっ、歯ごたえがありそうな敵じゃねーか！　だったら、この俺が退治してきてやるよ！」

と、エリオットが空中を飛んでいく。

彼の魔法はレールガンより射程が短いから、空を飛んで射程距離内まで近づこうということだろう。

できればレールガンだけで倒したかったけど仕方ない。

「分かった。だけど無茶はしないで。少しでも危険そうだったら、すぐ引き返すんだ」

「わーってるよ」

言って、エリオットは一気に加速した。

「こっちも次弾装填！　続けていくよ！」

それを見上げ、僕は叫んだ。

単発での攻撃が撃ち落とされるなら、手数で勝負だ。

エリオットが攻撃魔法を撃つのに合わせて、こっちも撃つ。二方向からの同時射撃なら対応が難しくなるはず――。

うおおおおんっ。

『ラ・ヴェレン』が吠えた。

ぼこっ、ぼこっ、ぼこっ、と背中が大きく盛り上がる。

「なんだ――」

まさか背中からも砲撃できるのか……!?

僕は思わず身構えた。

が、次に魔獣が取った行動は予想外のものだった。

どしゅっ……！

盛り上がった背中が内側から弾ける。飛び散った十数個の肉片が、そのまま小さな『ラ・ヴェレン』と化した。

「えっ……!?」

「分身体を生み出した……！」

ジルフェがうめいた。

「分身……？」

「魔獣の中には自らの分身を生み出し、使い魔のように使役できるタイプがいるのです」

ジルフェは苦い顔だ。

「が、『ラ・ヴェレン』がそれだという情報はありませんでした……魔獣には、まだまだ未知の情報が多いので」

要は子機みたいな感じか。

「いっせいに砲撃してきたら厄介だぞ――」

「いえ、アーク様」

つぶやく僕にジルフェが言った。

「おそらく、あれは砲撃タイプではなく――」

うおおおおおんっ。

次の瞬間、分身体たちがいっせいに走り出した。

「砲撃してこない？　まさか……」

あれは『本体』と違って、近接攻撃タイプか⁉

「なら、私たちの出番だな」

リーシャが剣を抜いた。

「へっ、お前らは引っ込んでろ。この間は出番がなかったが、本来こういう役目は俺たち自警団のもんだ」

現れたのはパウル率いる獣人たちだった。総勢は十数人。

「さあいくぞ、お前ら！　余所者はお呼びじゃねぇってところを見せてやろうぜ！」

威勢よく叫び、パウルたちが突進する。

分身体たちとの戦いが始まった。

「――ふん、そこまで言うならお手並み拝見だ」

と、剣をしまうリーシャ。

「まあ、すぐに泣きついてくるだろうが……」

「くっ、こいつら強い……いったん退くぞ！」

パウルたちはリーシャの見立て通り、すぐに劣勢に立たされた。

魔獣の分身体の前には、人間をはるかに超える身体能力を持つ獣人たちの攻撃でさえ通じない。

　本体はそれほど装甲が硬くないみたいだけど、分身体の方は砲撃能力を持たない代わりに、近接攻撃能力と防御力が高いみたいだ。

「そろそろ分かっただろう。お前たちだけでは村を守れないと」

　リーシャが彼らに言い放った。

「リーシャ……」

「奴らは言って聞くような連中じゃない。力で分からせるしかないんだ」

　リーシャが僕に言った。

「奴らが敵《かな》わない相手を、私が叩き伏せることによって、な」

「だ、大丈夫なの？」

「問題ない。私がここで分身体たちを退ければ、その私を従えるお前の評価も上がるだろう？」

　不敵に笑って、リーシャが進み出る。

「騎士隊、お前たちは手を出すな。まず私一人でやる」

　そのままパウルたちの元まで走っていった。

「頼むよ、リーシャ……」

　僕はここから祈るように見ていることしかできない。

　ほどなくして、リーシャはパウルたちの位置まで到着した。

「下がれ、獣人たち」

と、獣人自警団に言い放つリーシャ。

「お前、立ち向かう気か⁉」

パウルは驚いた顔だ。

「無茶だ！」

「それが私の仕事だ」

言うなり、リーシャは極端な前傾姿勢を取った。

彼女が習得している古流剣術【雷鳴彗星】――その必殺奥義ともいえる居合抜きの構えだ。

「つあっ！」

一閃《いっせん》――。

リーシャの振るった剣が分身体を両断した。さらに返す刀で、もう一体を切り裂く。

「す、すげぇ……」

パウルがつぶやいた。

「惚《ほ》れそうだぜ……」

そのつぶやきはリーシャには届かなかったみたいだけど、僕はしっかり聞いていた。

うん、美人だし、特に戦っているときは抜群に格好いいからね、リーシャは。

「いや、すさまじいですね」

ジルフェが言った。

「王都にもあれほどの剣士はいるかどうか……」

「本当に頼もしいよね」

僕はうなずいた。

と、

「ボーッとするな！　お前も戦え！」

リーシャがパウルに叫んだ。

「こいつらは次々に出てくる。見ろ！」

と、『ラ・ヴェレン』本体を指し示す。

僕もそこで初めて気づいた。本体が定期的に分身体を生み出し続けていることを。

「お前は、強い」

リーシャの言葉にパウルは驚いた顔をする。

「生き残るために、ともに戦うんだ。いいな」

「ともに戦う……」

彼の顔がすぐにニヤリとした顔に変わった。

「――応《おう》！」

叫んで、パウルがリーシャの隣に並んだ。

「おおおおっ！」

パウルは獣人ならではの圧倒的なパワーとスピードを生かし、爪や牙で分身体に立ち向かう。

他の獣人たちより明らかに強い。

「なかなかやるな」

リーシャがニヤリと笑った。

「当然だ！」

パウルがふんと鼻を鳴らした。

「俺様を誰だと思ってやがる……って、うわわわっ⁉」

「隙が多いな」

リーシャは苦笑交じりにパウルを襲う敵を切り捨てた。

「い、今のは油断しただけだ」

「戦場での油断は命取りだ。忘れるな」

リーシャがパウルを諭す。

「お前よりも多くの戦場を経験している私からのアドバイスだ。聞き入れろ」

「……ちっ。ありがたく受け取らせてもらうよ」

「素直なのはいいことだ。戦士としてな」

「へへ」

リーシャが褒めると、パウルは妙に嬉しそうな顔をした。

あ、これ……もう完全に惚れてるね。

と、

「アーク様っ……！」

後方待機していたはずのゴードンが走ってきた。

今回は僕の側ではなく村の城壁前に待機してもらっていたのだ。僕らの防衛網が突破されたときの、村の避難勧告などを任せるために。

「奴について思い出したことがあります。それを伝えに……参りました……っ」

ずっと走ってきたんだろう、かなり息が荒い。

「ゴードン、大丈夫？」

元気とはいえ、彼は七十代の老人だ。あまり無理はしてほしくない。

「今は非常時ゆえ、ワシもこれくらいは……」

言いながら、ゴードンは僕を見つめた。

「ジルフェ殿、あなたも魔獣についての知識を得たようですが、失礼ながらまだまだ付け焼き刃。ワシも協力しましょう」

「――助かります、ゴードンさん」

一礼するジルフェ。

「奴の分身は、炎に弱いはず。ジルフェ殿、あなたは火炎魔法を使えますね？　分身に食らわせてください」

「承知しました――【ファイアボール】！」

ジルフェはゴードンの指示通り、分身に向けて火球を撃ち込んだ。

どー……んっ！

爆発とともに分身体が吹き飛んだ。

「すごいよ、ジルフェ！」

僕は歓声を上げた。

「やはり炎が有効なようです。ただ――」

ジルフェは大きく息をつく。

額ににじんだ汗を手の甲でぬぐい、

「火炎系のこの魔法は体力を大きく消耗します。乱発はできませんね……」

「ジルフェ……」

彼は疲れを表に出すようなタイプじゃないけど、疲労しているのは明らかだった。

「疲れているところを悪いのですが、もうひと仕事頼めますか」

ゴードンがジルフェに言った。

「ふふ、人使いが荒いお方ですね」

「軽口を叩けるようなら、まだ大丈夫でしょう。あの分身体が出てくるのを一時的に止める方法があります」

説明するゴードン。

「分身の放出口を魔法で塞ぐのです。粘体を生み出すか、召喚する系統の魔法ならできるはず」

「粘体……ですか、なるほど」

うなずいたジルフェは飛行魔法で飛び上がった。

「【ジェルシールド】」

放った魔法が、魔獣の背中部分にある筒状の器官に命中する。

そこは分身体が出てくる放出口だ。

ねちゃり……。

どうやらジルフェはトリモチのようなものを生み出したらしく、放出口が完全に塞がれた。

「あ、これで分身体は出てこられなくなるのか」

「その通りです」

ゴードンがうなずく。

「ただし……あまり長くはもたないと思います」

「すでに少しずつ私の作り出した粘体が魔獣の力で侵食され始めています。あと数時間内に

【ジェルシールド】は完全に消え去るでしょうね」

つまり――あくまでも時間稼ぎってことか。

「今はその時間が貴重だよ。ありがとう、ジルフェ。それにゴードンも」

僕は二人に礼を言った。

「お安い御用です」

「ワシの知識が役に立ったなら何よりです」

恭しく一礼した二人は、まさに『仕事ができる男』って感じで格好よかった。


――ほどなくして、魔獣本体の動きが止まった。

その間にリーシャやパウルたちが奮闘し、残りの分身体を倒す。

ゴードンの話では、『ラ・ヴェレン』には数時間の『活動期』と三日間の『休眠期』を交互に繰り返す習性があるそうだ。

僕は、魔獣が休眠している間に新しい防衛設備を建造することにした。


僕はさっそく【育成進化】のスキルを発動し、モフピーを呼び出した。

あいかわらず白くてモコモコしていて、触るといかにもフワフワもふもふで可愛いなぁ。

うっとりとモフピーを見つめつつ、僕は本題を切り出した。

「この間の『魔導レールガン』じゃ歯が立たない敵が現れたんだ、モフピー」

「もきゅ？」

「もっと強力な防衛設備を構築したい。何かいい案はないかな？」

「もきゅぅ……」

僕の問いに、モフピーは体全体を傾けた。

もしかして、人間でいうところの『首をかしげる』動作だろうか。

首がないもんね、モフピー……。

「もきゅ」

と、タブレットを差し出す。

お、何か妙案が？

期待して画面を見ると、

『何かヒントをください……』

どことなく困ったようなメッセージだ。

確かに、ちょっと漠然としていて分かりづらい質問だったかもしれない。

「ごめん、上手く伝えられなくて。僕が教えてほしかったのは『魔獣から村を守るためにもっと強力な兵器なり防壁なりを整えたい』ってことなんだ。君にアイデアがあれば聞かせてほしい」

「もきゅぅ……」

一緒に悩んでくれてるんだな、モフピー。

「もきゅ……」

「ん、ちょっと凹んでる？」

「もきゅぅ」

「いいアイデアが出なくてごめん、ってこと？　そんなことないよ。君は十分に役に立ってくれてるし、一緒にいてくれるだけでも気持ちが安らぐんだ」

「もきゅ？」

「あ、そうだ。モフモフさせてもらってもいいかな？　気分転換をしたら、何か閃《ひらめ》くかも」

「もきゅ！」

どうぞ、と言わんばかりに近づいてくるモフピー。

「では、遠慮なく――」

もふもふもふもふ。

僕はモフピーの体に右手で触れて、その柔らかい感触を楽しんだ。

うん、癒やされる。

「も、もうちょっといい……？」

おかわりしても許されるだろうか？

「もっきゅ！」

もちろん！　って言いたいのかな？

サービス精神旺盛だぞ、モフピー。

「ありがとう！」

僕は満面の笑みを浮かべ、さらにモフピーのもふもふを楽しませてもらった。

もふもふもふもふ。

もふもふもふもふもふっ！

……ん？

その瞬間、僕の脳裏に閃くものがあった。

連続もふもふがもたらしたリラックス効果が、思考にいい刺激を与えてくれたらしい。

「ねえ、これならどうかな——」

思いついた案を、僕はモフピーに問いかけてみる。

その後は内容を詰め、ある程度の目算は立った。

「よし、この案で進めてみるよ」

僕はモフピーに微笑んだ。

「いい感じで考えがまとまった。君のおかげだよ、モフピー」

「もきゅ！」

あ、ドヤ顔風の態度になった。

「うん、偉い偉い」

好きなだけドヤ顔していいぞ、モフピー。

そう思いながら、僕はモフピーの頭を撫でてあげた。


モフピーに相談し、新たな設備の案を固めた僕は、まず必要な資材を買いに行くことにした。

この村は物資が乏しいので、馬車で二時間ほどの場所にある最寄りの商業都市までやって来た。僕一人だとこういった交渉には自信がなくて、今回は執事のゴードンについてきてもらった。

さらに、ボディガードとしてリーシャにも同行してもらっている。

「ところで、何を買うおつもりですか、アーク様」

「うーん……ちょっと考えてるのは、捕獲系の設備かなぁ」

僕はゴードンの問いに答えた。

「それと魔獣攻撃用の兵器にも新しいアイデアがあるんだけど、そっちは――魔導灯と鉄屑《てつくず》、それに雷電鉱石があればできるみたいなんだ」

「魔導灯……明かりをつける道具ですが、それが攻撃用の道具になるのですかな？」

「うん、モフピーにも確認済みだよ。後は現物を手に入れるだけだね」

簡単に自分の考えを説明した後、僕らは一軒の商家に立ち寄った。

ここで資材を買う予定だけど、正直言って僕にはあまり資金の余裕がない。

村に来て早々に、僕の私財や村に来る際に渡された準備金までつぎ込んで、村人たちに生活の補助金を大盤振る舞いしたせいだ。

もちろん、それによる財政リスクは承知の上だったけど、今回みたいなイレギュラーな事態があると、ダメージがずしんと響いてくる。

「内政って難しいんだな……」

僕は内心でため息をついた。

と、

「交渉はワシにお任せいただけますか？」

「うん、そのつもりだよ……大丈夫そう？」

「無論です」

泰然《たいぜん》としているゴードンが、本当に頼もしい。

——そして、ゴードンと商人たちの値段交渉が始まった。

相手も百戦錬磨の商人たちだと思うけど、ゴードンの話術や駆け引きはそれを上回っていた。

時には強気に、時には譲歩しつつ、少しずつ相手から有利な条件を引き出していく。

見事な商談の進め方に、僕はひたすら感心していた。

最終的に、相手が初めに提示してきた金額よりもかなり安く購入することができた。

「ゴードンのおかげで助かったよ。最初の値段だったら資金的にかなり厳しかった」

大満足の商談だ。

「私では、とてもこうはいきません。剣と違って商才はさっぱりですからね。おそらく商人たちの言うがままの値段で買うことしかできないでしょう」

リーシャも感心した様子でゴードンを褒めたたえる。

「ゴードン殿の交渉術、お見事でした。まさに値切りの達人ですね」

「そうそう、おかげで財政が大助かりだよ。限界まで安く値切ってくれて」

僕もニッコリ笑顔でうなずく。

「いえ、限界ではありません」

ゴードンの返事は予想外のものだった。

「ある程度の値下げに留めてあります」

「えっ、どうして？」

「ただ搾り取るだけなら難しくはありません。ですがワシが目指すのは騙し合いではなく、互いの利益ですから」

――なるほど。

「最終的にはお互いに得して、みんな幸せ、ってこと」

「ふ、深い……！　ますますもってお見事です……」

あまり人を褒めるタイプじゃないリーシャもべた褒めだ。

「左様です。願わくばアーク様もそのような統治をなさることを――」

「うん、学ばせてもらったよ。ありがとう、ゴードン」

僕はにっこり笑った。

「難しそうだけど、がんばるね」

「その謙虚さと素直さがあれば、必ずや。アーク様は良い領主となりましょう」

ゴードンが嬉しそうに目を細めた。厳めしい顔つきの彼だけど、こういう表情をすると本当に優しい雰囲気に変わる。

僕はこの表情のゴードンが好きなんだ。


僕らは首尾よく資材を調達した上で、また村に戻ってきた。

だけど……。

「うーん……ちょっと荷下ろしが大変だなぁ」

僕は頭を抱えた。

魔導灯以外に鉄屑もある。こちらもゴードンの交渉でお値打ち価格で手に入れたものだ。

あとはおなじみの雷電鉱石。

これは前回と同じ場所から、みんなでがんばって掘り出した。一から手探りで採掘場所を探すわけじゃなかったから、前回より楽だったとはいえ、やっぱり大作業だった。

で、これらを運ぶわけだけど――魔導灯と雷電鉱石はともかく、鉄屑がとにかく大量にあって重い。

防衛設備を設置したい場所は村の四方に存在する。

それぞれの場所に、大量の資材をそれぞれ運んで配置するんだけど、なかなかの難題だった。

馬車で運ぶことはできるものの、そこから重い資材を下ろすだけでひと苦労だ。積み込むのはさっきの商業都市でやってもらったんだけど、荷下ろしの方は自分たちでやるしかない。

魔導ショベルカーでの運搬を試してみたんだけど、あんまり連続稼働はできないみたいで、しかも動力に使う雷電鉱石を意外に消費するので、やっぱり人力での運搬の方がよい、ということになった。

「やっぱり、ロクサーヌに頼むか」

僕は小さく息をついた。

人間の体力ではきつくても、パワーのある獣人ならやれるかもしれない。

そのためには、村の獣人たちの取りまとめをしているロクサーヌに頼むのが一番近道だろう。

とはいえ……僕の頼みを聞いてくれるかどうか。

僕は村長の館を訪ね、ロクサーヌに事情を話した。

「獣人を貸せ、だって？」

眉を寄せるロクサーヌ。その周囲に控えるパウルたち自警団も一様に顔をしかめている。

「うん、僕らの作業を手伝ってほしいんだ」

僕はロクサーヌを見つめた。

「村を守るための設備を作りたいんだけど、そのための資材を――」

「断るわ」

「即答!?」

僕、まだ全部説明してないのに……。

まあ、でもロクサーヌからしたら聞く耳持たない感じなのかなぁ。

「ロクサーヌさん、ここは一つご協力いただけませんか？」

横からジルフェが口を出した。

「……なんなの、この男は」

ロクサーヌがさらに仏頂面をする。けれど、

「……け、けっこう……かっこいい……かも……」

小さな声でつぶやきながら、その目がわずかに泳いでいることを僕は見逃さなかった。

もしかして、ロクサーヌ……照れてる！

うん、ジルフェはイケメンだもんね。屋敷にいたときは大勢のメイドがきゃーきゃー言ってたっけ……。

「アーク様は領主として確かな実力をお持ちです。前回の魔獣襲来において、見事に村の防衛を果たしました」

「ふん。偶然上手くいっただけでしょ」

「偶然？　魔獣が偶然などで撃退できる相手ではないことは、ロクサーヌさんの方がご存じなのでは？」

「うるさいうるさーい！　やりたければ勝手にやりなさいよ！　だけど、あたしたちはあんたたち貴族がやってきたことを忘れない！　あたしたちが苦しめられてきた時間を忘れない！」

ロクサーヌが怒声を浴びせてきた。

「それを都合よく『協力してくれ』ですって⁉　受け入れられるわけがないでしょう！」

「あなた方の境遇には伯爵家に仕える者として申し訳ない思いがあります。ですが、だからこそアーク様を信じていただけませんか？」

「えっ……？」

「この方が、今までの貴族と同じに見えますか？」

ジルフェが身を乗り出す。

ロクサーヌはわずかにたじろいだようだ。

「……確かに善良そうに見えるわ。それは認める。けれど、その外面であたしたちを騙そうとしているのかもしれない――」

「この方が村に来てから成し遂げたことは魔獣撃退だけではありません。決して長い期間ではありませんが、その中でいくつもの仕事をこなしてきました」

さらにたたみかけるジルフェ。

「あなたは、それらを見てこなかったのですか？　人間に対する偏見で正確に判断できていないのではありませんか？」

「っ……！」

ロクサーヌが初めて反論の言葉をためらう様子を見せた。

「それでもなお、アーク様があなたの期待に沿えないというならば」

ジルフェはロクサーヌの前に跪いた。

まるで姫にかしずく騎士のように。

が、そこからジルフェが取った行動は――。

「あなたがアーク様に対して期待外れだと判断されたならば……私の、この首を差し出しましょう」

「なっ……!?」

「それでロクサーヌ様も、獣人たちへの示しがある程度はつくでしょう？」

「……言っておくけど、一度約束してしまえば、もう引っこみはつかないんだからね？　本当に首を差し出す覚悟があるの？」

「なんなら、今この場で私の首を刎《は》ねますか？」

ヴンッ……！

ジルフェは魔力の剣を生み出した。

「どうぞ。物質化しているので、短時間なら他の者でも扱えます」

「な、何言ってるんだ、ジルフェ!?　そんなの駄目だよ！」

僕は思わず二人の間に割って入った。

「私はアーク様を信じています。問題ありませんよ」

「問題大アリだよ！」

「アーク様はこの村の統治に全身全霊を捧げておいでです。ならば、私もそれ相応のものを捧げるのが道理――」

「首を捧げるのはやりすぎ！」

「……いいわ」

険しい表情でジルフェから魔力の剣を奪い取るロクサーヌ。

「あたしは……やると言ったらやるわよ」

「ご存分に」

ジルフェは動じない。

「だから、駄目だって！」

僕は叫ぶものの、二人は聞き入れる雰囲気じゃない。仕方がない。この場は流れに任せるけど、仮にジルフェが首を刎ねられる――なんてシチュエーションになったら、僕が全力で止めよう。うん。

「――ふん」

ロクサーヌは小さく鼻を鳴らし、パウルの方を向いた。

「腕っぷしの強い獣人を選んで、彼らの仕事を手伝ってあげて」

「おい、いいのかよ、ロクサーヌ」

側に控えていたパウルが眉を寄せる。

「人間に手を貸すってのか」

「彼らは、今までの連中とは違う……かもしれない」

ロクサーヌがうつむく。

「分からなくなったのよ。あたしは迷っている……だから、答えを求めるために、今はこいつらに協力する」

「分かった。お前が決めたことなら、俺は従うだけだ」

パウルはロクサーヌの肩にポンと手を置き、

「指示を出せ。お前らの言う通りに働く」

と、僕らに言った。

「ただし、あくまでもロクサーヌの判断に従っているだけだ。ロクサーヌがお前らを認めないと判断したなら、俺たち自警団もお前らを否定する。いいな？」

「うん、僕らの働きぶりを見ていて」

僕は微笑んだ。

「そのうえで判断してほしい。君も、ロクサーヌも」


こうして、僕らは獣人たちの協力を得ることができた。

パウルたちは全く文句を言わず、黙々と重い資材の荷下ろしをやってくれた。

村の四方にそれぞれ運び終え、僕が【育成進化】を行い、新たな防衛設備を設置するための準備ができた。

「ありがとう、パウル、それにみんなも。おかげで想定通りに事が進みそうだよ」

僕はパウルたち獣人全員に礼を言った。

「俺たちはロクサーヌに言われたからやっただけだ。お前のためじゃねぇ」

パウルがジロリと僕をにらんだ。

「本当に魔獣を撃退できるんだろうな？」

「絶対とは言えない。やってみなければ分からないところはある……でも、勝算は十分にあると僕は見ている」

「……ふん」

「私からも礼を言おう」

と、リーシャが歩み寄った。

「さすがに獣人は大したパワーだ。お前たちがいなければ、ここまでスムーズに運搬できなかった」

「当たり前だ。俺たちは貧弱な人間どもとは違うからよ」

「ああ、大したものだ」

「っ……！　ほ、褒めたって、な、な、何も出ねーぞ！」

パウルはやけに照れていた。

この間も思ったけど――やっぱり、リーシャに惚れてるよね、これ。

「？　照れすぎだろう。いつものお前らしくないぞ」

リーシャはキョトンとしている。

あ、全然パウルの気持ちに気づいてない感じだ、これ。

「じゃあ、ここからは僕の出番だ」

仮組みした『防衛設備』を前に、僕は魔力を高めていく。

「今回は何を作るつもりなのですか、アーク様」

シエラがたずねた。魔獣出現時に屋敷で待機してもらっていたけど、今は僕の側にいてもらっている。シエラには後でやってもらいたい役目があるのだ。

「魔導灯では武器にならないような……」

「いや、使いようによっては武器にできるさ」

と、答える僕。

「レーザー砲だ」

――投石機が『魔導レールガン』に強化できたんだから、同じように原始的な道具から現代兵器に強化することも可能なんじゃないだろうか？

そう思って、僕がモフピーにいくつか聞いてみたところ、照明器具をレーザー砲にできることが分かった。

で、そのために必要な道具として『魔導灯』を指定されたのだ。

「れえざあ……ですか？」

シエラはキョトンとしている。

「……まさか『光』自体を武器にする魔導兵器を？」

ジルフェはさすがに察しがいい。

「うん。光を一点に収束して、高出力で撃ち出すんだ。『レーザー』っていうんだけど、たぶん魔獣相手でも通じるんじゃないかな」

おそらく、レールガンより強力な兵器になる。

とはいえ、それは僕の想定通りの兵器ができれば、の話だ。

それと【育成進化】の魔法を連発することになるから、僕の魔力がどこまで持つか――。


そして、僕らに与えられた猶予である三日間が過ぎ、ついに『ラ・ヴェレン』が活動を再開した。


るおおおおおおっ……！

雄たけびとともに、背中の放出口から無数の分身体を生み出す魔獣。

本体自体はゆっくりと歩き出し、十数体の分身は人が走るくらいのスピードで近づいてくる。

「じゃあ、シエラ、ゴードン、お願い」

僕は前方にそびえる二本の塔――『火炎放射塔』に向かって言った。

もちろん、これらは僕が【育成進化】で作ったものだ。


『り、了解です』

『かしこまりました』

通信機――これも僕が作ったもの――の向こうから緊張気味のシエラと、落ち着いたゴードンの声がそれぞれ聞こえた。

今回はこの二人に『砲撃手』を頼んである。

僕が遠隔操作することもできるけど、それだと魔力を余分に消費するし、さらに体力や集中力も消耗してしまう。

あくまでも撃破目標は『ラ・ヴェレン』本体だ。分身との戦いに、余分な力は使えない。

だから、そこは他の人間に頼ることにしたのだ。

以前に作った『魔導レールガン』は僕の魔力がないと操作できない仕組みだったけど、これだと僕が近くにいないと発射できない。だから、今回の『火炎放射塔』は、僕があらかじめ魔力を与えておくことで、他の人間でも操作できるように改良してあった。

新たな機構を組み込んだ分、作成時により多くの魔力を消耗したけど、運用面を考えたら、これがベストだろう。今後、新たに作る防衛設備にも同じ機構を入れていくつもりだ。

「良いご判断だと思いますよ、アーク様」

ジルフェが言った。

「アーク様は……ご自身ですべて解決しようという考えが少々強すぎるように感じますので」

「どうも他人に頼るのは苦手で……はは」

僕は苦笑した。

たぶんブラック企業に勤めていたころ、周囲が誰も助けてくれなかったから、自然とそういう性分になってしまってるんだと思う。分からないところを聞いたり、相談したりすると、それだけで怒られるような職場だったからね……。

「でも、今は違うよ」

みんな、僕の頼れる仲間たちで、きっと――頼ってもいい仲間たちなんだ。

ごうっ！

シエラとゴードンが放った火炎の矢が渦を巻き、分身体の隊列を薙《な》ぎ払った。

ちゅどどどどどどどどうぅんっ！

連鎖的な爆発が起き、分身体たちが一掃される。

「よし、露払いはできたぞ――ジルフェ！」

「承知しました――【ジェルシールド】」

前回と同じく、ジルフェが本体の放出口にトリモチ状の結界を張った。これでしばらくは分身体を生み出せないだろう。

とはいえ、永続的な効果じゃない。いずれ魔獣の力に浸食され、あの結界は溶かされてしまう。

そうなるまでの、およそ数時間程度が勝負――。

「さあ、仕上げだ。『ラ・ヴェレン』討伐作戦――いくよ！」

僕は号令した。

「エリオット、『ラ・ヴェレン』本体に魔法弾で牽制攻撃を。なるべくこっちに敵を引きつけたいんだ」

「俺たちがいる方に向かってくるように誘導する、ってことか？」

「うん。レーザー砲の射程内に向かってくるように」

僕はエリオットに言った。

「射程に入った瞬間に僕が撃つ」

「りょーかい」

エリオットが両手を突き出した。

「それじゃ、いっちょ派手に――いっけぇぇぇぇぇぇぇぇぇっ、【全部吹っ飛べバニッシャー】！」

ずどどどどどどどどどっ！

エリオットは連続して魔力弾を放った。

……攻撃魔法のネーミングにはもうツッコまないぞ。

魔獣の周囲に次々と着弾して大爆発を起こす。

ぐおおおぉぉぉぉ……んっ！

『ラ・ヴェレン』が怒りの雄たけびを上げ、こちらに向かって歩き出した。

分身体に比べれば移動スピードが遅いとはいえ、体のサイズが大きいから、それなりのスピードで近づいてくる。

射程内まで、たぶん五分くらいで到達するだろう。

「こっちだ──来い……！」

僕は半ば祈るようにつぶやいた。

エリオットが散発的に魔法弾を放ち、『ラ・ヴェレン』の注意を継続的に引きつける。

上手いぞ、エリオット。

「射程距離まで近づいてる……もう少し……あと少し……」

僕は念じ続けた。

僕一人ではこの作戦は成立しない。

分身体を一掃したシエラやゴードンの働き。

それ以上の分身体が生まれるのを封じたジルフェの働き。

そして本体をおびき寄せるエリオットの働き。

何よりも新しい防衛設備を完成させるために尽力してくれた獣人たちやリーシャたちの働き。

それらがすべて組み合わさって、今この状況を作り上げた。

「だから、これは──」

ついに魔獣が射程圏内に入る。

「村のみんなの勝利なんだ！」

僕はレーザー砲を発射した。

ばしゅんっ！

一撃必殺――。

魔獣は頭部を撃ち抜かれ、倒れ伏した。

「お疲れさまでした、アーク様！」

「お見事でした、アーク様」

魔獣『ラ・ヴェレン』からの領地防衛戦終了後、火炎放射塔の砲手を務めてくれたシエラとゴードンがやって来た。

「お怪我はありませんか？　それにお疲れは――」

不安そうに僕を見ている。

「大丈夫、遠距離攻撃だけでカタがついたからね。魔力の消耗もほとんどないよ」

僕はにっこり笑った。

「シエラも砲手お疲れさま。おかげで助かったよ。ゴードンも」

「ワシは与えられた役目をこなしただけです」

一礼するゴードン。

「しかし、この戦場の空気……若かりしころを思い出し、この老骨も久々に血がたぎりましたぞ」

「さすが元傭兵……本当に頼りになる……」

あらためてゴードンの百戦錬磨なところを感じ取る僕。

と、

「こほん、おほん、おほんっ」

エリオットがせき込んでいる。

「風邪ひいたの、エリオット？」

「体を温めた方がいいですよ」

僕とシエラが言った。

「ちがーう！」

エリオットが顔を赤くして叫ぶ。

何やら抗議したそうな顔だ。

「何か！　忘れてねーか！　ほら！　この俺様に対して、ほら！」

「ふふ」

僕は思わず微笑んだ。

「分かってるよ。今回の討伐は――いや、今回の討伐も君の働きが大きかった。感謝してるよ、エリオット」

「ふん、分かればいいんだ。勝ったのは俺のおかげだ、ってな」

エリオットがふんぞり返る。

「うん。君は本当にすごいよ。掛け値なしの天才だ」

「お？　そ、そうか？　ははは、俺様は頼りになるからな！　ものすご～く頼りになるからな！」

「また、いずれ頼らせてもらってもいいかな？」

「当たり前だろ！　俺とアークは親友だからな！　どんとこい！」

エリオットはニコニコ顔だ。

実際、彼の役割は大きかった。

彼の魔法で魔獣を引きつけられなかったら、今回の作戦は成り立たなかったし。

そして、魔獣を引きつけられるだけの大出力魔法を撃てるのは、僕の陣営の中で最大の魔力を持つエリオットだけだ。

「本当に……君がいてよかった」

僕はあらためてエリオットに感謝した。

「そうだ！　この領地に俺様の銅像を建てるってのはどうだ？　今回の功績をたたえて、さ」

「いや、それはさすがに」

「即却下⁉」

だって……ねえ？


僕らは領主の館に戻ってきた。

「ようやく一段落、かな」

と、息をつく。

「それにしても……あいかわらずボロい館だな、まったく」

エリオットが館を見て、顔をしかめた。

「アークがこれだけ村のために尽くしてるってのに、いつまでこんな館に住まわせるんだよ」

「あはは、まあちょっとずつ掃除したり修繕したりしていくよ」

僕はエリオットをなだめた。

「今は領主の館より、まずは村のことを優先したいんだ。防衛設備の充実はもちろんだけど、村の中のインフラを整備したり、税だったり耕作や酪農への支援だったり、他の都市との流通だったり……やらなきゃいけないことは、いくらでもある」

「だから、自分を犠牲にして働き続けるのか？」

リーシャが横から言った。

「前から思っていたが、お前は自己犠牲の気持ちが強すぎないか？　『仕事』に対して、自分を殺して働いているような印象がある」

「…………！」

言われるまで気づかなかったけど、それは――前世でブラック企業にいたときの働き方が染みついているのかもしれない。

「確かに……自分を大切にしているとは言いきれないかもしれない」

嫌な働き方だ。

とても、嫌な働き方だ。

けれど、あのときと今では明確に違うものがある。

「ただね、僕は領主の仕事が楽しいんだ。僕が働くことが、みんなの安心や笑顔につながっていく。みんなの生活の豊かさにつながっていく。その実感のおかげで、毎日が充実しているんだ。こんなの、生まれて初めてかもしれない」

僕は熱く語ってしまった。

「心配してくれてありがとう。館の掃除や修繕は地道にやるよ」

「それは私たちメイドや、その他の使用人の仕事ですよ、アーク様。なかなか進んでいなくて申し訳ないです」

と、シエラが横から言った。

「ううん。十分がんばってくれてるよ」

僕はにっこりと首を振る。

「やっぱりシエラたちだけじゃ大変だから、僕もやるよ」

「でも……」

「やりたいんだよ。僕が住む家でもあるんだから、手伝うのは当然でしょ」

――と、そのときだった。

「へっ、お前ら二人だけじゃ何か月かかるか分からねーぞ？」

「しょうがねーから、俺らも手伝ってやる」

突然、前方から十数人の集団がやって来た。

「君たちは――」

村の獣人たちだった。

先頭にいるのはパウルだ。

つい先日も資材運びを手伝ったもらったけど、それは僕がロクサーヌと交渉してのことだった。それが、こんな風に自発的に手伝いに来てくれるなんて――。

「ほう？　殊勝なところもあるんだな？」

リーシャがからかう。

「う、うるせー！　俺たちだって何も恩を感じてないわけじゃねーんだよ！」

パウルは顔を赤くして叫んだ。

他の獣人たちも、どこか居心地悪そうにモジモジしているのは同様に照れているからだろうか。

僕はそんな彼らを見て、クスリと笑った。なんだか微笑ましかったのだ。

「手伝ってくれるなら嬉しいよ。お願いできるかな？」

僕は彼らの申し出をありがたく受けることにした。

と――、

「あの、俺たちも……」

「お手伝いさせていただけませんか？」

別方向からは村の人間たちがやって来る。

「以前から領主様の館のことは気になっていたんです」

「村のためにがんばってくれている領主様のために、俺たちも何かしたいって」

「――ちっ、人間どもも来たのかよ」

パウルがそれを見て舌打ちした。

「ま、まあまあ、ここは穏便にいこうよ」

僕は慌てて彼を取りなした。

「俺は人間なんかと協力したくねーぞ」

やっぱり獣人と人間との溝はまだまだ深いのか……。

「だから、こっち側でやる。お前らはあっち側をやれよ。俺たちの方に来るな」

……ん？

「こいつが最大限の譲歩だ。いいな。じゃあ、俺たちは俺たちで取り掛かるからよ」

ぶっきらぼうに言って、パウルたち獣人の一団が移動する。

てっきり『村の人間どもがいるのは気に入らねぇ！』とか言って、帰っちゃうと思ったのに――。

彼なりに気を使ってくれたのかな。

「ありがとう、パウル」

僕は彼の背中に向かって礼を言った。

「みんなもありがとう。じゃあお言葉に甘えて、君たちにも手伝ってもらおうかな」

と、村の人たちに向き直る。

これだけの人数に手伝ってもらえれば、すぐに片づきそうだぞ――。


そして、ほどなくして。

「終わったぜ」

パウルが僕のところにやって来た。

「こちらも終わりました」

ほぼ同時に村の人たちもやって来る。

「ありがとう！　君たちがいなかったら、どれだけ時間がかかっていたか――」

「みなさん、本当にすごいです！　あっという間に……」

隣でシエラが感激している。

「俺たちはこれで……」

と獣人たちから逃げるように、村の人たちは去っていった。まだまだ完全に仲直りとはいかないらしい。

それでも――こうして一堂に会して同じ作業ができただけでも十分な進歩だと思う。

「ふん、いい働きっぷりだったな」

リーシャがパウルたちに向かって微笑んだ。

「っ……！　ま、まあな」

パウルが顔を赤くした。

あいかわらず分かりやすいなぁ……。

僕はちょっとにやけてしまった。

「あ、気づいてます、アーク様？」

と、シエラがニヤニヤした顔で耳打ちした。やっぱり彼女もパウルがリーシャを好きなんだって気づいているらしい。

まあ、誰が見ても分かるよね。

――肝心のリーシャだけが、全然気づいてないみたいだけど。

「シエラもこういう話、好きなんだね」

「アーク様こそ……うふふ」

僕らはニヤニヤとした顔で見つめ合った。

「うん、まあ……けっこう好きかも」

「私もです。なんだかほっこりします」

「だよね」

「ええ」

と、僕らがヒソヒソ言っていると、

「……なんか今、俺のことを話題にしてねーか？」

パウルににらまれた。

「獣人の聴力を舐めんじゃねーぞ」

「あ……」

僕は苦笑いして、

「リーシャに褒めてもらえてよかったね、っていう話をしてたのさ」

「ですです」

「っ……！」

たちまちパウルの表情がこわばった。

「なっ……⁉　ば、ば、ばっか言ってんじゃねーよ……この俺が、なんであんな脳筋女に褒められただけで、う、浮かれるわけ……なななないだろがぁぁ……」

「分かりやすっ⁉」

僕は思わずツッコんでしまった。

いやー、びっくりするくらいベタな反応するなぁ、パウル。なんだか親近感が一気に増してしまった。

「リーシャさんは特定の相手はいない様子ですし、がんばってくださいね」

シエラが微笑んだ。

「な、なんだと⁉　本当かっっっ！」

めちゃくちゃ食いついてくるパウル。

「確かに……彼氏がいるって話は聞かないね」

「美人で性格もいいですけど、仕事人間ですからね～」

「ほう……！」

パウルの眼光が一気に鋭くなった。

よし、僕もちょっとだけ後押しするか。

「ねえ、リーシャと話してこないの？」

と、パウルに声をかける。

「だ、だ、だから、俺はあの女のことなんて――」

「あー……今後の村の治安のことで自警団の君と、騎士隊長のリーシャで話し合ってほしいなぁ、なんて」

「………！」

パウルがハッとした表情になった。

「アーク様、ナイスアシストです」

シエラが僕に耳打ちする。

僕はニッと笑ってうなずき、それからパウルに視線を戻した。

「な、なるほど、それなら仕方ねぇな……ち、ちょっとあの女と相談してみるか……あくまでも村の治安のためだからな……ぶつぶつ」

ほら、リーシャに話しかけるチャンスだよ。

がんばれ、パウル。

※

その日、ジルフェはフロマーゼ伯爵の本領地を訪れていた。

王城とみまがうほど壮麗なフロマーゼ城に入り、広々とした廊下を進んでいると、前方から数人の男女が歩いてきた。

いずれもジルフェと同じ騎士服姿——フロマーゼ伯爵の私設部隊であり、王都の魔法騎士団すら凌ぐと称される『魔法騎士隊』だ。

「お、『魔境』に左遷されたジルフェ・ランドール卿《きょう》じゃないか」

先頭の男がジルフェを見るなり嘲笑《ちょうしょう》交じりに話しかけてきた。

「あんなガキのお守りは大変だろう？　変わってやろうか、え？」

「お前には無理だ、ガルゼス」

ジルフェが粗暴な男をジロリとにらんだ。

ガルゼスの嘲笑が自分だけに向けられているなら、特に何も感じない。

だが、彼が嘲《あざけ》っているのは明らかに自分だけではなく、アークに対してもだった。

それは——それだけは、看過できない。

「おいおい、怒ってねーか？　あんな無能なガキの面倒見させられて、同情してるんだぜ、俺？」

なおも絡んでくるガルゼス。

「ロクな魔法も使えないから、とっとと辺境に追放された低能だろ？　はは」

「経緯はどうあれ、今の俺はあの方に仕える身だ。あの方を侮辱するのは遠慮してもらおうか」

「おいおい、何マジになってんだよ」

ガルゼスは馬鹿にしたように肩をすくめた。

「だいたい、あのガキは『呪われた一族』の女が産んだ忌み子だろ？　なんなら災いをもたらす前に、お前があいつを斬──」

「ガルゼス・バーンゼム卿」

ジルフェは冷ややかな声でガルゼスの言葉を遮った。

「それ以上聞くに堪えない侮辱を続けるなら、俺が斬るべきは、あの方ではなく──お前になる」

言って、ジルフェは剣の柄に手をかけた。

「それとも魔法戦闘がお望みか？　好きな方を選べ」

「…………！」

ガルゼスの表情がこわばった。

「じ、冗談だって！　お前がそんなに怒るなんて──」

「言動に気を付けろ。俺たちは伯爵家を批判できる立場ではない。まして揶揄《やゆ》や嘲笑など、な」

「わ、分かったって……」

「ならば、二度とアーク様を侮辱するな」

「お、お前とケンカする気はねーよ。な？　な？」

ガルゼスは汗びっしょりだった。


ジルフェは伯爵の執務室に入った。

「お呼びにより参上いたしました、伯爵閣下」

ジルフェが一礼する。

そう、今回はいつもの定期報告ではない。フロマーゼ伯爵の方から緊急の呼び出しがあったのだ。

「わざわざ呼び立ててすまないな、ジルフェ」

「何を仰いますか」

ジルフェは微笑んだ。

実際、伯爵から呼び出されたということは、自分の力を必要としていただいたということだ。光栄に思うことはあっても、悪い感情を抱くはずがない。

「王都から極秘の報告があった。どうやら奴らに動きがあるようだ」

伯爵は単刀直入に切り出した。

「奴ら……ですか？」

「魔族だ」

伯爵の言葉にジルフェは息を呑んだ。

魔族――。

それは数百年来、この世界では確認されていない異世界の種族だ。

かつて魔王の率いる軍団がこの世界を襲い、勇者と戦った――という伝説があるが、ほとんどおとぎ話のような感覚だった。

「そして、その動きの中心には我が息子がいるようだ」

「アーク様が……!?」

ジルフェは表情がこわばった。

「息子が奴らを引き寄せているのか、それとも奴らが息子に目を付けたのか……いずれにせよ、今まで以上に留意し、アークの警護に当たれ」

「はっ」

「状況に変化が起きた場合は、すぐに私に知らせよ。よいな?」

「はっ」

「それと――万が一の場合には、分かっているな」

「……はっ」

ジルフェがうなずく。その返答までにわずかな逡巡《しゅんじゅん》の時間があった。

「お前の手で、アークを殺せ。世界に災いをもたらすようなら、な」

「……伯爵はそれでよろしいのですか？　ご自分の子を」

「ジルフェ・ランドール」

思わず口にしたジルフェを、伯爵は冷たい声で制した。

「お前の役目は我が剣となることであろう。お前に意見は求めておらぬ」

「――申し訳ございません」

ジルフェはその場に跪き、深々と頭を下げた。

伯爵への絶対の服従を誓うように。

「お前は誰よりも優れた剣だ。その役目を果たせ」

「承知いたしました、伯爵……」


――伯爵の執務室を出ると、ジルフェは力なく扉を閉めた。

「俺が……アーク様を殺す……？」

呆然とつぶやく。

「この俺が――」

脳裏に、アークの楽しそうな笑顔が浮かんだ。

その顔が鮮血に染まる様を幻視し、ジルフェは苦い思いで息をついた。

※

翌日の昼過ぎ、一台の馬車が領主の館の前にやって来た。

そこから降りてきたのはジルフェだ。

父のところには一か月か二か月に一度の割合で定期報告に向かうそうだけど、今回はその定期報告じゃなく、急に呼び出されたんだとか。

「お帰り、ジルフェ」

「わざわざのお出迎え、痛み入ります」

ジルフェが一礼した。

と、その表情がどこか冴《さ》えないことに気づく。

「あれ？　なんか暗くない、ジルフェ？」

僕は心配になってたずねた。

「いえ、なんでもありません」

ジルフェが微笑む。

「アーク様こそ……体調にお変わりありませんか？」

「僕？　うーん……まあ、いろいろな仕事が山積みで疲れているといえば、疲れているかも」

「あまりご無理をなさいませんよう」

ジルフェがやけに真剣な表情で言った。

「？　ありがとう、ジルフェ」

心配かけちゃったのかな。

と、

「――これはロクサーヌさん」

ジルフェが背後を振り返って一礼した。

そこには村長代理の獣人少女ロクサーヌが立っていた。村長の屋敷以外で会うのは初めてだ。

「べ、別に……その、あんたの働きぶりを直接見に来てあげただけっ」

顔を赤くして、ぷいっとそっぽを向くロクサーヌ。

なんかツンデレヒロインみたいな反応だな……。

いや、さすがに彼女から恋愛感情を持たれてるわけはないと思うけど――。

ただ、この感じだと完全に拒絶するわけじゃなく、少しは僕のことを認めてくれてるんだろうか？

だとしたら嬉しいな。

――ぞくりっ。

ふいに全身が震えるような悪寒が走った。

なんだ、これ――？

体中に謎の違和感が生じている。

生まれて初めて味わう感覚だった。まるで、自分の体が自分のものではないような――気味の悪さ。

「？　どうしたの、アーク」

「い、いや」

「！　ちょっと汗びっしょりじゃない！」

ロクサーヌが叫んだ。

「やっぱり疲れてるのかな、はは……」

「疲労……本当にそうでしょうか……？」

ジルフェがポツリとつぶやく。また妙に真剣な表情をしている。

何か思うところがあるんだろうか？　ちょっと今日は様子が変だな……。

「使用人から水をもらってくる。ちょっと待ってて！」

言うなり、ロクサーヌが館の中に走っていった。それから、あっという間に陶器製の水差しとコップを持ってきてくれた。

「ほら、飲んで」

コップに水を入れ、僕に渡す。

「あ、ありがとう……」

意外に思いながら、僕は礼を言ってコップを受け取った。

水を飲むと、少し気分が落ち着いた。

「おかげで楽になったよ、ロクサーヌ。ありがとう」

僕はもう一度礼を言った。

「別にいいわよ。そのまま見捨てるわけにもいかないでしょ」

ぷいっとそっぽを向くロクサーヌ。

「優しいんだね」

「………………！」

彼女の顔が赤くなった。やっぱり照れ屋だ。

「――アーク様、本当になんともないのですか？」

ジルフェが僕を見つめた。

その顔が心なしか青ざめている。思ったより心配させてしまったみたいだ。

「ごめんね。もう大丈夫だよ」

「今までに――その症状が出たことはありますか？」

「ジルフェ？」

「お答えください」

ジルフェの表情が妙に硬い。

「うーん……特になかったと思うよ」

僕はそう答えた。

ジルフェもその答えで安心してくれるだろうか……と思ったけれど、彼の表情はいつになく沈んだまま。

「何かの兆候でなければよいのですが……」

ジルフェはポツリとつぶやいた。


ジルフェの心配をよそに、僕の調子はその日以降、特に悪化することはなく、むしろ体調の良い日が続いたと思う。

そんなある日のこと。

「あ、領主様！　おはようございます！」

「うちの畑でいい野菜が採れたんですよ！　お一つどうですか！」

「あ、領主様だ～！」

視察に行くと、最近は村人たちの方から積極的に声をかけてくれるようになっていた。

僕がここに来て一か月ほどが経つ。

魔獣を二度撃退したことや、補助金で彼らの当座の生活をフォローしたこと、さらに水回りのインフラ整備など、その仕事ぶりが少しずつ評価され始めたみたいだ。

「なんだか、以前よりもみんなが明るくなってますね、アーク様」

シエラが僕に寄り添ってきた。今日のお供は彼女とリーシャだ。

「まったくだ。最近では村人たちが笑顔でいるところをよく見かけるようになった」

リーシャが僕に向かって微笑交じりにうなずく。

「領主様のおかげで、俺たちの暮らしは良くなってきています」

「今までは重税で……日々の暮らしも苦しくて……」

「明日に希望が持てない、という毎日でした。だけど、今は違います」

「そうそう、なんとか暮らしていけそうな感じだもんな。だから毎日を楽しく生きられるようになったんだ」

みんなが明るい顔で僕に語った。

平凡で、何気ない日々――。

それを守ることこそが幸せへの道なのだと――村人たちの表情は教えてくれていた。

「みんなが笑顔でいてくれると僕も嬉しいよ」

村人たちに笑顔を返す僕。

「最初にここに来たときは、全体的に澱んだ空気とピリピリした空気、この二つがあったと思う。けれど、その二つはどっちも薄れてきている――」

澱んだ空気は、村の貧困や魔獣の襲来など外的な要因が大きかったと思う。

けれど、それらは取り除かれつつある。

そして、もう一つ――ピリピリとした空気は村の人間と獣人たちとの不仲や、僕らに対する村の反発なんかが関係していたんだろう。

ただ、それらも和らぎつつある。

たとえば、リーシャとパウルのように。

いや、その二人だけじゃない。この間の館の片づけで伯爵家の人たちと村の人間たちや獣人たちが歩み寄ったように、村のみんなが少しずつ仲良くなってきているのを感じる。

「なんだか――この村がいい方向に向かっている気がする」

そう、村全体がいい雰囲気に包まれ始めている。バラバラに分断されて、緊張感の強かった雰囲気が薄れて、過ごしやすい空気が流れ始めている。

それが何よりも嬉しかった。

ここはきっと、僕にとって大切な場所になっていくんだ。

「アーク様」

シエラが話しかけてくる。

「ありがとう、シエラ」

「えっ」

「いつも側で支えてくれて」

「私はアーク様のメイドですから。お側でお仕えするのは最高の喜びです」

「君は最高のメイドだよ」

僕は彼女に微笑んだ。

「そして最高の友だちだ。これからも側にいてほしい」

「もちろんです」

僕らは手を握り合う。

主従ではなく、友として。

ああ、こんな時間がずっと続いてほしい。

ずっと続けていきたい。

そのために、僕はもっともっと領主の仕事をがんばろう。

きっと明日は、今日よりもさらに素晴らしい日になるはずだ。


——このときの僕は、そう信じて疑わなかった。

5章　魔族襲来

僕が前世の記憶に目覚めたのは、三歳のころだ。

だから、それ以前の僕は『前世の記憶を持たないアーク・フロマーゼ』として生きてきた。

仮に『僕』と呼称しようか。

そこに今の僕の意志や記憶は介在していない。まあ、記憶の方は物心がつく前なので、ほとんどないに等しいいんだけど。

そして、意志に関しても――『僕』が今の僕と別人かといえば、そういうわけじゃない。


――その日も、僕は幼いころの『僕』の記憶を探っていた。

今の僕と『僕』の間に眠る違和感の溝を埋めるために、定期的にやっている作業である。

今回、思い出しているのは母との思い出だった。

母は、いわゆる後妻だ。

前の妻とは事情があって離婚したフロマーゼ伯爵が、今の母を見初めたのは、およそ十年前だという。

しかし、幸せな新婚生活は長く続かず、母は僕を産んで間もなくして流行り病で亡くなってしまった。

だから、『僕』は母との間にほとんど思い出がないし、言葉を交わしたことさえない。

顔さえも思い出せない――。

そのはずだったけど、今日は違った。

脳裏に、ぼんやりと一人の女性の顔が浮かんできたのだ。

なんだ、これは――？

もしかして……お母さん？

前世の母とはまったく違う顔だった。けれど、僕の胸の中に不思議な懐かしさと温かさが湧き上がってくる。

そうだ、間違いない。本能で分かる。

この人は今世の――アーク・フロマーゼの母親だ。

母は、若いころの父と話していた。

「私のような女があなたに嫁いだばかりに……申し訳ありません」

「何を謝ることがある。すべてを承知でお前を迎え入れたのは私だ。お前は何も気に病むな」

「ですが……」

「周囲の声など無視しろ」

「そう思っても、容赦なく責め立てる声は……聞こえてきます。『呪われた血族』『忌まわしい出自』……と」

母は苦しげな顔をしていた。

「やっと生まれたこの子も……やがて、同じように言われるでしょう。私は、アークの将来が心配です……ごほっ、ごほっ」

そこで母がせき込んだ。

血を吐いている――！

「たとえ、お前がこの世を去っても、私がアークを守ろう」

父が力強く言った。

「時には厳しく当たることもあるかもしれんが……すべては、この子の成長のためだ……私は、アークを強く育ててみせる」

「アークを、強く……育てる……それは父としての愛情……ですか……？　それとも、いずれこの子を手駒に……？」

「…………！」

母の問いに一瞬父の顔がこわばった。

母は悲しげに首を左右に振り、

「お願い……します……私はその未来を見ることは、叶わないかもしれません……どうか、この子の幸せの、ために……」

「何を言う。私とお前でアークの将来を見届けるのだ。気をしっかり持て」

そうか、きっとこの後すぐに――。

母さんは亡くなったんだな。

そこで回想から目覚める。

僕は、自分がいつの間にか涙を流していることに気づいた――。


「魔族？」

「はい、王都からの報告が伯爵家に届いたそうです。ここ数百年の間、動きのなかった彼らに不穏な動きがあるとか……」

その日、僕はジルフェからの報告を受けていた。

彼はもともと父の護衛であり、今でも父とのやり取りが定期的にある。

なんでも、ジルフェは子どものころに父に拾われ、以来、実の父のように慕っていると言っていた。

つまり彼にとって、僕の父は育ての親みたいなものだ。

父も優秀なジルフェのことは気に入っているらしく、自分の元から離れて僕の護衛になった後も、何かと気にかけているようだった。

正直羨ましいというか、ちょっぴり嫉妬してしまう。

「魔族って……Aランクの魔獣と同じくらい強いんだっけ？」

最近、僕はゴードンから魔獣関連について学んでいる。魔族に関しても、この間教えてもらったばかりだ。

「最低でもAランク以上、ですね」

僕の問いを訂正するジルフェ。

「それって、めちゃくちゃ強くない？」

「魔族の強さは魔獣とは次元が違います」

ジルフェが言った。

「彼らの住む世界――『魔界』は人間界の特定の場所に門を開き、そこから現れるそうです。そして、その門の一つは村の近くに存在する可能性があるそうです。アーク様もどうかご注意ください」

「じゃあ、村に魔族が現れるかもしれない、ってこと？」

「あくまでも、可能性の話です」

「魔族が現れた場合、僕らにできる対処方法は」

「……ありません」

ジルフェが首を振った。

「殺気を持った彼らと向き合ったとき――それは絶対の死を意味します」

じゃあ、注意してもどうしようもないじゃないか、と思った。

「仮に出会った場合、村の人たち全員に避難を呼びかけつつ、僕もひたすら逃げればいいわけだね？」

「その通りです」

「うーん……とりあえず村の防衛設備を一通り強化するか」

「あとは避難後の物資の整備などもありますね。こちらは私がゴードンさんに呼びかけてみましょうか？」

「そうしてくれると助かるよ」

「アーク様は防衛設備の点検と強化に専念してください。そちらは、あなたにしかできない仕事です」

と、ジルフェ。

「僕一人じゃできないよ。ジルフェにはいつも助けられてる」

僕はにっこり笑った。

「だから——君がいてくれて感謝してるよ、ジルフェ。この村までついてきてくれてありがとう」

「私は純粋にアーク様が好きですから。もちろん、他の者たちも同様だと思いますよ」

ジルフェが微笑みを返した。

「みんな、あなたの役に立ちたいのです。それは領主として大切な資質だと思いますよ、アーク様」

そんな風に言ってくれると嬉しいし、光栄だな。

うん、がんばろう。


僕はジルフェと別れ、村の外を歩いていた。

僕はなるべく毎日、村の城壁を補強して【城壁レベル2】に【進化】させている。

この村に来て、今日で一か月半ほど……だいたい二十キロくらいの長さまで【城壁レベル2】で村を囲うことができた。

領主としての様々な仕事や魔獣迎撃など盛りだくさんの中で、合間にやっているのでなかなか進まないのがもどかしい。

村の全周はおよそ六十キロだから、三分の一まで囲えたわけだけど、もっと進めたいなぁ。

仮に魔族が現れるとしたら、その前に村の全周を完全に【城壁レベル2】で囲ってしまいたいところだった。

「魔族かぁ……」

僕はため息をついた。

魔獣に関しては、僕の【育成進化】で生み出した防衛設備によって撃退することができた。

「ただ、魔族は……」

魔獣たちを統べる存在……魔族。

魔獣とは、きっと桁違いの存在なんだろう。もしこの村を襲ってきたとしたら、僕はどうすればいいんだろう？

「ゾッとするね……」


「──ふふふ、そう怖がらなくてもよろしいですよ」


突然、背後から声が響いた。

──ぞくり。

全身の血が凍りつくような悪寒があった。

絶望と恐怖が同時にこみ上げる。

まさか。

まさか、こいつは……！

嫌な予感を覚えながら、おそるおそる振り返る。

そこに立っていたのは──、

「ふふふ、想像はついているのでしょう？　そう、あなたの考えた通りの存在ですよ」

白い仮面に黒い外套《がいとう》を着た人影はそう言った。

体形はひょろ長く、たいして強そうには見えない。仮にパウルあたりと対峙したら一発でブッ飛ばされそうなひ弱な体格だ。

けれど、彼から押し寄せてくる威圧感は異常だった。

まるで、この世の者とは思えない。

いや、そうだ。

まさに彼は――『この世の者ではない』のだ。

こいつこそが、ジルフェの言っていた――。

「魔族……⁉」

僕は後ずさりながら、喉がカラカラに渇くのを感じた。

「ご名答です、アークさん」

言って、彼は右手を胸に当て、恭しく一礼する。

手の甲に赤い紋様が見えた。禍々《まがまが》しい印象を与える紋様だ。

「……僕を知っているのか」

「ふふふ、我らの血につながる者ですからね。もちろん、存じておりますよ」

彼が仮面越しに微笑むのが分かった。

「えっ……？」

一瞬、思考が停止した。

「な、何を……言って……!?」

今、この魔族はなんて言ったんだろう?

血につながる……?

僕が、魔族と……?

「『我らの血につながる者』と言ったのですよ、アークさん。それも非常に高位の魔族の、ね」

彼がまた仮面越しに笑うのが分かった。

「おかしなことを……言うなよ……」

こいつが何を言っているのか、僕には分からなかった。

というか、ちゃんと聞き取れなかったのかな?

彼は今、本当はなんて言ったんだ?

僕が――。

「僕が、魔族だなんて……そんな馬鹿なこと――」

言いながら、僕は思い出していた。

『忌まわしい……呪われた子!』

『あの村の出身の女が産んだ子など――』

『生まれてきた子は、きっと――』


僕の記憶の中にある、僕を非難し、忌み嫌う人々の声。

呪われた子。

まさか、あれは――そういう意味だったのか？

「心当たりがおありですか、アークさん？」

魔族が嬉しげに言った。

「ああ、申し遅れました。私の名はバージェルム・ゼオ・アルザード。バージェルムとお呼びください。以後、お見知りおきを」

と、仮面の魔族バージェルムが丁寧に一礼する。

「つまり……僕には魔族の血が流れている、って言いたいのか？」

「左様です」

バージェルムがうなずく。

「我々は現在、人間界への侵略戦争の準備中です。そのために強力な戦力を多く求めていましてね。あなたにも――こちらの世界に来ていただきたい」

あまりにも突然の勧誘に、僕は頭の整理が追いつかない状態だ。

「もし僕が断るって言ったら……どうする？」

「断る？　では、あなたはこのまま人間社会で生きていくつもりですか、アークさん？　それ、本気で仰ってます？」

バージェルムが驚いたように言った。

僕を小馬鹿にするような調子じゃない。心底驚いている様子だった。

「あなたは魔族なんですよ？　人間の世界で生きていけば、必ず迫害され、そして討伐されるでしょう」

「僕は……人間だ」

かろうじて反論を試みる僕。

「それを決めるのは、他の人間たちです」

バージェルムはバッサリと僕の言葉を切り捨てた。

「あなたの能力は、人間としては破格です。その【育成進化】の魔法――こんな辺境にいるから知れ渡っていないだけで、もし国の中枢に知られたらどうなると思いますか？」

「ど、どうって――」

「まあ、間違いなく軍事利用されるでしょうね。人間は戦争が大好きな生き物ですから。我々魔族も呆れるくらいに、ね」

「軍事利用……」

「あなたの力があれば、王都の防衛は鉄壁になります。いえ、王都だけではなく国境線などの要所もすべて」

　バージェルムが淡々と説いた。

「国防が鉄壁になれば、あとは侵攻です。この国は近隣に攻めこみ、領土を拡大していくんじゃないですか？」

「そ、そんな！　この国はそんな好戦的な国じゃない！」

「あなたの力があれば、変わります」

　バージェルムが言った。

「魔族とはあらゆる負の心を糧とする種族です。あなたにはまだ、その『負の心』が足りない。故に魔族としては未覚醒ですが……それでもなお絶大な力を既にお持ちだ」

「僕は……」

「この国の王は平和を望んでいるようですが……あなたの力を知れば、野心に火がつくんじゃないですか？　あるいは現王が望まなくても、周囲には野心を持つ者も出てくるでしょう」

　野心……か。

「何せあなたの【育成進化】で防衛を固めれば、この国はすべての防衛戦で無敵になる。一方的に相手の国を攻められるんですから」

「………」

「攻めこまれる恐れがなくなれば、国力を充実させ放題。そして、その力で近隣を攻めて領土を拡大すれば、さらに国力が上がり、そしてさらにさらに領土を拡大し――その繰り返しです」

バージェルムが仮面の下で笑う。

「この国はやがて世界に覇を唱える唯一絶対の強国となるでしょう」

「僕は……」

ゴクリと喉を鳴らした。

「僕の力は、そんなことのためにあるわけじゃない……！」

「では、まず先に見せてあげましょう。『絶対的な力』というものを」

バージェルムが右腕を掲げる。

「我々魔族が備える力を。そうすれば、あなたもこちら側に来たくなるでしょう」

「なんだって……？」

「ふっ……！」

軽い気合いの声とともにバージェルムの全身を魔力のオーラが覆った。

「【黒の魔弾】」

魔力弾を一発放つ。

どうんっ！

「あ……」

魔獣を撃退した防衛設備の一つが、一撃で吹き飛んだ。

「くっ……迎撃だ！」

僕はとっさに叫んだ。

残りの『魔導レールガン』と『レーザー砲』を一斉に起動し、バージェルムに狙いを定める。

あれから防衛施設を増設し、それぞれ六門ずつ設置してある。

合計で十二。

そのうちの一つは、さっきバージェルムに壊されたけど、まだ十一の砲塔が残っているんだ。

「おとなしく帰れ。でなければ、一斉に撃つ」

「撃つ？　私を？　それで脅しのつもりですか、やれやれ」

バージェルムは肩をすくめた。

「ご自由にどうぞ」

「撃て！」

僕は大きく跳び下がって距離を取ると、指令を下した。

前回の魔獣防衛戦ではシエラやゴードンが砲手を務めてくれたけど、今は誰もいない。

けれど、僕はすべての防衛設備を遠隔操作できる。そのぶん魔力や集中力をごっそり持っていかれるけど——。

躊躇《ちゅうちょ》している場合じゃない。

防衛設備の全火力をもって、こいつを撃破する！

レールガンの一斉発射と、最大出力のレーザー照射。

二種の攻撃が全部で十一発――一斉にバージェルムに叩きこまれる。

ぐごごごおおおおうんっ！

すさまじい大爆発が起きた。

これだけの兵器を同時に食らわせれば、『ヴィ・ゾルガ』や『ラ・ヅェレン』なら跡形も残らないはず。

「くっくっく、今何かしましたか？」

だけど、爆炎の中から現れたバージェルムは平然とした様子だった。

「そ、そんな――」

僕は愕然《がくぜん》となった。

まったくの、無傷。

「あなたの【育成進化】は無敵だと申し上げましたが、それはあくまでも人間同士での戦いにおいてのこと。私のような高位魔族には通用しませんよ」

バージェルムは余裕たっぷりに言い放った。

「我々の間で成り立つのは『戦闘』ではなく『対話』のみ。まずは、それを理解いただけませんか、アークさん」

「っ……！」

――と、そのときだった。


「アーク！」

リーシャの率いる騎士隊とジルフェがやって来た。

「アーク様！」

「アーク、俺様もいるからな！」

「おっと、俺たちも忘れるな！」

と、エリオットにパウルたち自警団も現れる。

伯爵家に獣人に――この村の戦力が大集結だ。

「みんな……⁉」

僕は驚いて全員を見回した。

「どうして、ここに――」

「どうして、だと？　私たちがお前を守るのは当たり前だろう」

リーシャが凛《りん》とした口調で言った。

「あなたは私の主ですから」

ジルフェが微笑み交じりに言った。

「はっ、友だちを助けに来ただけだ！」

エリオットが勝ち気に叫んだ。

「っていうか、俺たちは俺たちの村を守りに来ただけだ。ついでにお前も助けてやるけどな」

パウルの口ぶりは、あいかわらず素直じゃなかった。

「みんな、来てくれたんだ……」

それが純粋に嬉しかった。

みんなを見ているだけで頼もしくて、胸が熱くなる。

ただ、ホッとしている場合じゃないのも確かだ。相手は伝説の魔族なんだから——。

「細かい説明は省くけど、あいつは魔族だ」

僕はみんなに言った。

「村の防衛設備で一斉攻撃しても全然ダメージを与えられなかった。はっきり言って、魔獣とは桁違いの相手だと思う」

「っ……！」

全員が息を呑むのが分かった。

「みんな、連携して立ち向かうんだ。ただし、絶対に無理はしないで」

と、僕はその場の全員に指示を出した。

「了解だ、アーク」

リーシャがうなずいた。

「騎士隊は私に続け。まず、私が行く」

「……魔族と戦うことは推奨できませんが、この状況では仕方ありませんね。私も出ます」

と、その側にジルフェが並ぶ。

「よし、みんなで戦おう！」

勇気が湧いてくるのを感じながら、僕は号令した。

みんな、頼もしい仲間たちだ。

魔族がどれだけ強敵でも、みんながいれば怖くない――！


「後れを取るなよ、ジルフェ！」

「承知しました、リーシャさん」

まず最初はリーシャとジルフェが接近戦を挑んだ。

ジルフェは魔法剣士で、魔術師としての実力はもちろん、剣の腕も並の騎士よりはるかに上だ。あるいはリーシャに近い実力を持っているかもしれない。

そんな最強コンビが左右から同時に斬りかかる。

がきん。

二人の鋭い斬撃《ざんげき》を、バージェルムは左右の手でそれぞれ受け止めてみせた。

あっさりと。

「こいつ……っ⁉」

「強い──」

驚くリーシャとジルフェ。

さらに何度か斬りかかるものの、バージェルムは丸腰の状態で──体術だけで二人がかりの剣をすべて回避する。

「どいてろ！　俺たちのパワーでその魔族野郎をブッ飛ばす！」

今度はパウルと数名の獣人が突っこんできて、バージェルムに次々と襲い掛かった。人間の数倍の身体能力を持つ獣人たちによる嵐のようなコンビネーション攻撃だ。

「がはあっ⁉」

けれど魔族の身体能力はそれをも上回っているらしい。剛力を誇るパウルがパワー負けし、他の獣人たちもろとも吹き飛ばされる。

異常なまでの身体能力だった。これが魔族の実力なのか──。

と、

「全員離れてろ！　でかいのいくぜぇっ！」

上空からエリオットの声が聞こえた。

ヴ……ンッ！

エリオットの頭上に直径十メートルはありそうな巨大な光球が浮かび上がる。

魔力弾にしても異常に大きい。当然、威力もそれに比して――。

「吹っ飛べぇぇぇぇぇっ！　【絶対殺すバスター】！」

……ネーミングは相変わらず子どもっぽさ全開だけど。

直撃し、大爆発が起こった。

ごおおおお……っ！

爆炎と黒煙で前方は何も見えない状態だった。

すさまじい爆発で、僕やエリオット、他のみんなも少なからず吹っ飛ばされていた。起き上がりながら前方に視線を注ぐ。

周囲にはまだ熱気がこもり、爆炎と黒煙はなかなか晴れない。

「これなら、いくら魔族でも――」

「……この私が結界を張らざるを得ないとは。驚きました」

やがて周囲が晴れ、現れたバージェルムはピンク色に輝く光の幕に包まれていた。

結界――要は魔法を遮断するバリアか。

「うそーん!?　俺の最強魔法が～……」

エリオットは空中で頭を抱えている。

「人間にしては大した魔力です。しかも、その幼さで……天才というやつですかね」

バージェルムが興味を惹かれたように彼を見上げた。

「とはいえ、種族の差というものは絶対的で、決して覆せません。あなたはしょせん人間ということですよ」

「なんだと……」

「魔力勝負において、我々魔族の上をいくことは決してありません」

バージェルムが仮面越しにエリオットを見据える。

「くっ……」

珍しくエリオットがひるんだ様子を見せた。

「もちろん剣の勝負でも同じ。我々は種として人間を圧倒的に上回っているのですから。たとえどれほどの剣豪や大魔術師を連れてこようと、私に勝つことはできません。人間には、ね」

と、今度はリーシャとジルフェに向き直る。

「ご理解いただけましたか？　それでは――あなた方の抵抗の気力を根こそぎ奪って差し上げましょう。【黒の連弾】」

バージェルムが魔法弾を撃ち出した。

今度は一発ではなく数十発だ。

それらが村の防衛設備であるレールガンや火炎放射塔、レーザー砲にそれぞれ命中し、
ごおおおっ……！

一瞬にしてすべての設備が炎に包まれ、消滅した。

「そ、そんな……」

僕が――僕らが苦労して、がんばって作った防衛設備が、すべて一瞬で――。

「これで村を守る力はなくなりました。設備を失い、あなたがた自身の戦力をすべて集めても、私には到底届かない」

バージェルムが淡々と説く。

言われるまでもなく分かっていた。僕らに残された防衛能力で、この魔族を倒すことなど不可能だ――と。

「どうです？　私たちの元に来てくださいますか？」

「………！」

手を差し伸べるバージェルムを、僕はにらみつけた。

「魔族の仲間になるなんて選択肢は――あり得ない」

たとえ、こいつの言う通り、僕に本当に魔族の血が流れているのだとしても……。

「なかなか強情ですね」

バージェルムが仮面の中で笑うのが分かった。

「では、三日差し上げましょう」

と、三本の指を突きつける。

「あなたにも今の仲間たちとお別れする時間は必要でしょう。三日の間に別れの挨拶を済ませてください」

「僕は魔族の仲間になんて――」

「三日後に返事を聞きに来ます」

バージェルムが淡々と告げた。

どうんっ！

無造作に光弾を放つと、数百メートル先に着弾した。

「っ……！」

荒野に巨大なクレーターができていた。人間の魔法とは比べ物にならない威力――。

「お待ちしておりますよ。三日後のこの時間に、私はここにふたたび現れます」

すうっ……。

言うなり、バージェルムの姿は消え失せた。

移動魔法か。超高等魔法をこんなあっさり発動するとは、やっぱり魔族の実力はすさまじい。

それにしても――。

「どうすればいいんだ……」

僕はうめいた。

さっきバージェルムが光弾を炸裂させて作りだしたクレーターを見つめる。

奴がその気になれば、この破壊力が今度は村に向けられるんだ。

与えられた猶予は三日間。

それまでに方針を決め、対策を立てなきゃいけない。

ただ――。

「対抗策なんてあるのか……あんな奴に……」

勝てるのか、僕たちは。


魔族が襲ってきたのは、僕のせいだ――。

僕はうなだれたまま、顔を上げる気力すらなかった。

戦闘は村の外で行われたから、村自体への被害はないに等しい。

けれど、精神的なダメージは大きかった。

「ごめん、僕のせいなんだ……」

僕は誰とも話したくなくて、リーシャやジルフェ、エリオットたちを遠ざけた。みんなが話しかけてきたけど、応える気力がなかった。

魔族が僕を仲間に引き入れようとしている、なんて知れば、誰だって僕を敬遠するだろう。

あるいは僕のことを、すでに魔族の仲間だと見なしているのかもしれない。僕のせいで村が襲われたのだと恨んでいる者もいるだろう。

そう、僕がいなければ、この村は魔族なんていうとんでもない敵に狙われることはなかったんだ。

気が付けば、僕はみんなから逃げるようにして、一人で領主の館に戻ってきていた。

道中、どうやって歩いて来たのかも覚えていない。ただ、頭の中がぐちゃぐちゃだった。

バージェルムへの返事のこと。

奴への対抗手段のこと。

それに伯爵家からついてきてくれたみんなや、この村のみんなが僕をどう思っているのか。

それらのことを考え、悩み、また考え――。

僕は半ば呆然としたまま自室の扉の前で立ち止まった。

「僕がいなければ……」

そう、それが答えだ。

「僕がいなければ、この村は平和だ」

と、

「アーク様」

声をかけられ、振り返る。

「お帰りなさいませ」

そこにシエラが立っていた。

「いつの間に……」

声をかけられるまで、まったく気づかなかった。それだけ自分の考えに没頭していたんだろう。

「魔族のこと、聞きましたよ。あまり思いつめないでくださいね……」

こんなときでもシエラは優しい。

「でも……僕のせいで村に危険が迫ってるんだ」

僕はため息をついた。

この村に来て、みんなと一緒にがんばって、随分とポジティブになれた気がしていたけど……。

今回ばかりは、本当に堪《こた》えた。

「僕がいなければ……魔族が来ることもなかったんだ……僕がいなければ、この村は平和になるんだ……」

その考えがぐるぐると、ぐるぐると——頭の中で回り続けている。

「そんなことありませんよ」

シエラはそれでも優しく言ってくれた。

「アーク様のせいじゃありません。だから——あなたがいなくなることなんて、私も、誰も望みません」

そうだろうか？

僕には分からなくなっていた。

望むとか望まないとかじゃない。現実として、僕の存在が村を危険に陥れている。

それを防ぐための方法は二つだけ――。

僕が村から去るか。

魔族を倒せるくらいに、僕が強くなるかだ。

「強くなる……か」

つぶやきながら、ふと一つの考えを思いついた。

僕には魔族の血が流れているという。もし本当にそうなら、僕にはもっと大きな力が秘められているんじゃないか？

仮に、その力を呼び覚ませるとしたら――。

魔族相手に、僕の『魔族の力』で対抗できるかもしれない。

仮定に仮定を重ねた話だけど、

「試す価値は、ある……！」

「アーク様……？」

怪訝そうな顔をしたシエラに、僕は力強く言った。

「ちょっと出かけてくる。思いついたことがあるんだ！」

村はずれの空き地で、僕は訓練を開始した。

ここは荒野が広がっていて、周囲には家屋も畑も何もない。

「うおおおおおお……っ！」

僕は全身の魔力を高めていた。

――もし僕に魔族の血が流れているなら。

――もしも、僕にも魔族としての力があるなら。

人間を超える莫大な魔力が秘められているかもしれない。

けれど、どれだけ魔力を高めたところで、普段と大して変わらない魔力量しか放出できなかった。

「……駄目、なのか」

これは『人間としての』僕の魔力量だ。もちろん、魔族には遠く及ばない。

「だけど――」

脳裏に、バージェルムが村の中で暴れ回っている姿をイメージする。

シエラやエリオット、リーシャ、ジルフェ、ゴードン……他にも僕の大切な仲間たちが次々と奴の手にかかる様子を。

響き渡る悲鳴を。

飛び散る血を。

怒りを。

憎しみを。

絶望を。

「負の心が――」

ぎりぎりと歯をかみしめる。

「僕を魔族へと覚醒させる……っ！」

おそらく、魔族に目覚めさせるトリガーのようなものがあるとすれば、それは『負の感情』だろう。

魔族とはあらゆる負の心を糧とする種族だ、とバージェルムは言っていた。

意図的にそういう感情を高めれば――必然的に、僕は魔族へと近づいていくはずだ。

ご……ごごご……。

大気が鳴動する。

体内で熱い脈動を感じた。

自分の中で、自分ではない何かが膨れ上がる感覚。

「これは――いけるか……!?」

けれど、その感覚はすぐに消え失せてしまう。同時に体力をごっそりと消耗してしまった。

「はあっ、はあっ、はあっ……」

荒い息をつき、僕はいったん体と精神を休ませる。

自分の中で『何か』が目覚めそうな手応えがあったけど、結局それは霧散《むさん》してしまった。

たぶん、まだ足りないものがあるんだろう。

けれど何が足りないのか、はっきりと分からない。

僕の負の感情が足りないのか……？

仮にそうだとしても、これ以上どうやって感情を高めればいいのか――。

手詰まりだった。

「駄目だ、これじゃ……」

僕はガックリとうなだれた。

理論上は、確かにこの方法で強くなれるだろう。

けれど『代償』が大きすぎるんだ。

それに想定通りにいくとは限らない。

『想定以上』になった場合、今度は村に危険が及ぶかもしれない。

「駄目だ、やっぱり……」

この方法は、使えない。

リスクが大きすぎる。

だとすれば、『僕が魔族を倒す』という選択肢はなくなってしまう。

残る選択肢は一つだけ。

「僕が……村を出ていくしか――」

※

落ち込んでいるアーク様の心の負担を、少しでも取り除いてあげたい――。

シエラは思い悩んでいた。

おそらくアークはあの魔族と何らかの関係があるはずだ。伯爵家や村人たちの中には、そのことで不安を感じたり、忌避を覚えたりしている者もいるかもしれない。

だが彼女にとってアークは敬愛すべき主であり、大切な家族のような存在でもある。それは何ら変わらない。

シエラが思うことはただ一つ――あの少年を少しでも支えたいということだけだった。

けれど、自分には何ができるのだろう？

魔獣防衛戦で防衛設備の砲手を務めたことはあるが、基本的にシエラはメイドである。優れた戦闘技能を持っているわけではない。

戦いにおいて、大した役には立てない。

だけど——彼の心を癒やし、支えることならできるかもしれない。

いや、きっとそれこそが自分の役割のはずだ。

「でも、私一人ではやっぱり足りないので！　そこで！」

シエラは伯爵家の面々を一堂に集めていた。

「みんなでアーク様を元気づけましょう！」

元気よく声を張り上げる。

「健気だな、シエラは」

「へへ、あいつは幸せ者だぜ」

リーシャとエリオットが笑った。

「アーク様の慰めになるとは思います。ですが、問題が解決するわけではありませんよ？」

と、ジルフェ。

「解決策はこれから考えていけばいいんです。まず大事なのはアーク様が元気になることだと思います」

シエラが重ねて言った。

「なるほど。それは理にかなっていますね」

微笑むジルフェ。

「私、ちょっとロクサーヌさんのところに行ってきます」

「ロクサーヌさん、ですか？」

ジルフェがわずかに眉を寄せる。

「以前よりは態度が軟化したとはいえ、彼女は我々人間に対しては――」

「分かっています」

シエラがうなずく。

「それでも……いえ、だからこそ獣人の方々にも力を借りたいんです。村のみんながアーク様を必要としている、とお伝えするために」


シエラは一人で村長の屋敷を訪ねた。

「あんたが一人であたしの元を訪ねてくるなんてね」

出迎えたロクサーヌは驚いた様子だ。

「すみません……一番年の近い女の子がロクサーヌさんだったので、つい」

「ま、あたしもあんたのことは嫌いじゃないし、相談があるなら聞くくらいはしてあげるわよ」

「ありがとうございます！　優しいんですね、ロクサーヌさんって」

「なっ!?　や、優しい!?　なんでそうなるのよ！」

ロクサーヌは顔を真っ赤にした。

「あたしはただ、ちょっとした気まぐれで聞いてやるだけ！　勘違いしないでよねっ！」

「そういう態度を『つんでれ』というそうですよ？　アーク様から教わりました」

「つんでれ……？　よく分からないけど、あたしへの褒め言葉と受け取っておくわね」

「ええ、きっと褒めてるんだと思います」

シエラが微笑み、ロクサーヌはふふんと鼻を鳴らす。笑顔で話すことで、少し心がほぐれた気がした。

「で、何を相談したいわけ？　まあ、どうせアークのことだろうけど」

「はい、そうなんです」

シエラが身を乗り出した。

「私、アーク様を元気づけたいんです。それでみなさんに手伝っていただきたくて……」

「あたしたち獣人にも何かしろ、ってこと？」

「アーク様はこの村に必要だと、獣人さんたちからも訴えてほしいんです」

シエラがさらに身を乗り出した。

「あいつは……人間でしょ。しかも魔族と関係がある、って話だし……なおさら信用できる相手じゃない」

ロクサーヌが視線を逸らす。苦々しい口調からは人間という種族全体への嫌悪感がにじみ出ていた。そして、そこにアークと魔族の関係性という情報が加わり、ますます嫌悪感が増したということだろう。

「魔族のことは不確定情報だから置いておいてもいいけど、まず大前提として――あたしは人間を信用してない」

ロクサーヌが強い口調で言った。

「今まで人間の領主は、この村にロクなことをしてこなかった。重税を課したり、魔獣に襲われている村を放置したり、領主の仕事自体を放りだしたり……本当に、どいつもこいつも……」

「でも、アーク様は違います！」

シエラが叫んだ。

「ロクサーヌさんだって分かっているんでしょう？　ですから――」

「あたしは、人間が嫌いよ」

「人間なら全員嫌いなんですか？　アーク様も？　私たちも？」

「あいつは……確かに今までの領主とは、違うかもしれない……けど……」

「じゃあ、人間の中にも信じられる人はいる、ってことですよね？　ですよねっ」

「……グイグイ来るわね」

ロクサーヌがわずかに表情をこわばらせた。

「私、ロクサーヌさんのこと、好きですよ」

シエラが微笑む。

「っ……！　い、いきなり何を言うのよ！」

「お友だちになりたいです」

「むむむ……」

「今までの人間たちと私たちは違います。だから、きっと今までとは違う関係を築けます。築けるはずなんです！」

「むむむむ……」

ロクサーヌは顔を赤くした。

「ま、まあ、あんたがどうしても、って言うなら……」

ぼそりとつぶやく。

最初にアークと出会ったとき、彼女は人間を頑として拒絶する態度だったそうだが、それから随分と軟化したらしい。

「じゃあ、あたしたちも一緒に行くけど」

ロクサーヌはシエラを見つめた。

「やっぱり、アークを一番元気づけられるのは、あんたでしょ。あたしたちはそのサポートくらいしかできないからね」

「私が……？」

「あんた以外に誰がいるのよ」

ロクサーヌがやれやれといった様子でため息をついた。なんだか、彼女の方がシエラよりも年上ぶった態度だ。

「あんたと会って話すだけでも、アークの心はほぐれるでしょ。この村にいる誰よりも――あんただからこそできる仕事じゃない」

「心が、ほぐれる……」

確かに、シエラもこうしてロクサーヌと話しながら心がほぐれるのを感じた。

人と会って話すというのは――そして互いに笑顔になるというのは、それだけでも気持ちを癒やす効果があるのだ。

そんな基本的なことを思い出せた気がした。

「ですね！　ありがとうございます、ロクサーヌさん」

「別にあたしは大したことは言ってないわ」

「いいえ、きっと大したことじゃなくていいんです。他愛ないことでも――私、がんばります！」

シエラはロクサーヌを抱きしめた。

「ひ、ひあっ⁉　な、何するのよ！」

「私がロクサーヌさんに元気づけられたので」

微笑むシエラ。

「……ふん、そんな程度のことでいちいち礼を言わないで。ただあたしはあんたにもっとしっかりしろ、って言っただけだし」

あいかわらず素直な態度ではないが、そこには確かに激励の気持ちがこもっているように感じられた。

「では、一緒に領主の館に参りましょう」

シエラはロクサーヌや獣人たちを伴い、領主の館に戻ってきた。

「私、アーク様を呼んできますね。少し待っていてください」

言って、彼女は館に入った。

「よし、がんばろっ」

気合いを入れて、アークの執務室へ行く。

ドアの前で深呼吸をした。

アークとは毎日のように会い、話しているが、いざ『元気づけたい』という想いが乗ると、妙な緊張感が生じてしまう。

「自然体……自然体……！」

自分自身に言い聞かせながら、ドアをノックした。

しーん……。

返事がない。

「アーク様？」

シエラはもう一度ノックをした。

やはり返事がない。嫌な予感がした。

「アーク様……！」

シエラはもう一度呼びかける。

「し、失礼します！」

返事を待たず、ドアを開けてしまった。

無礼なことは分かっている。

けれど、どうしようもなく嫌な予感が止まらなかったのだ。

ばたん！

ドアを勢いよく開けると、部屋の中には――、

「誰もいない……」

シエラは呆然とつぶやいた。

※

「ごめん、シエラ……みんな……」

僕は一人、街道を進んでいた。

村を出てから、もう三時間は経っただろうか。

馬車を使うと物音でバレるかもしれないため、移動用の魔道具を使っていた。

もとは荷物を運ぶ台車だったんだけど、これを例によって【育成進化】で進化させ、自動車並みの性能を持たせてある。

魔界と人間界を行き来する門が、村の近くに存在する可能性がある――。

僕はジルフェが以前言ったことを思い出し、こうして村の周辺を探し回っていた。

門がどういう代物なのかも、その外観も分からないけど、近くまでいけば存在を感じ取れそうな気がしたのだ。

バージェルムが門のところにいるのかどうかも分からないけど、他に居場所を見つける手がかりもないし――。

と、

「おやおや、あなたの方からお越しくださいましたか」

前方の空間が歪み、黒い影が現れた。

バージェルムだ。

その背後には巨大な門が出現していた。今まで見当たらなかったのは、魔法の類で見えなくしてあったんだろうか？

「三日の猶予を差し上げたのですが……すでに答えが出たということでしょうか？」

「ああ。僕の中で結論が出たよ」

僕は魔道具から降りて、バージェルムと向かい合った。

「君と一緒に行く」

「ほう⁉」

バージェルムの声に喜色が交じる。

「では我々の仲間になると？」

「僕には魔族の血が流れている。しょせん人間社会に居場所はないよ」

僕はため息をついた。

「なら、僕を受け入れてくれる世界で生きていきたい」

「そう！　そうですよ！　私も以前は人間社会で暮らしていました。あなたと同じなんです、アークさん」

バージェルムが語り出した。

「――君も？」

「私は人間界の調査任務を帯びて、しばらく人間社会で暮らしていたことがあるんですよ」

「調査任務……」

魔族は、そんなことをしていたのか。

数百年の間、魔族はこの世界に現れていないとされているけど、もしかしたら人間に化けた魔族が社会に溶け込んで活動しているってことなのか……!?

「我々が人間界を支配するときに備え、あらゆることを調べているのですよ。人間の世界の歴史や文化、地形、文明――」

「支配、だって……?」

僕はゴクリと喉を鳴らした。

「人間界への侵略戦争は遠からず始まる、と最初に会ったときに申し上げたでしょう?」

バージェルムがうっとりした口調で言った。

「あなたもその戦力として期待しているのですよ」

「僕にも魔族の軍の一員となって働け、ってことだね?」

「いかにも。高位魔族の血が流れているあなたなら、きっと我らの力になってくれるでしょう」

と、バージェルム。

「――そうだね。種族としても、戦力としても、僕がいるべき場所はそっちなのかもしれない」

僕はバージェルムを見つめた。

「そう！　そうですよ！　あなたは頭もいい！　早々に決断していただけて私も嬉しいですよ」

「これからよろしく、バージェルム」

僕はにっこりと笑い、彼に近づく。

「ねえ、僕が君たちの仲間になるしるしに――手土産があるんだ」

「手土産……ですか？」

「そう、きっと気に入るはずさ」

僕はさらに笑みを深め、台車の後部に設置された荷台を外した。バージェルムに向かってゆっくりと押していく。

にこにこ。

どこまでも——笑顔のままで。

「なんでしょう？」

バージェルムに僕を疑う様子はない。

今だ——！

どうんっ！

荷台に乗せた魔導砲やガトリングガンなどがいっせいに火を噴いた。

不意を突いての至近距離からの全弾発射！

そう、台車を【育成進化】させたときに、同時にありったけの火器——今までにコツコツ【育成進化】で作りそろえてきたものだ——も仕込んでおいたのだ。

「いくら魔族でも、これなら——」

「いきなり何をするんですか。驚きましたよ」

バージェルムは無傷で立っていた。

「くっ……」

僕は思わずうめいた。

最低でも、ダメージくらいは与えられると思ったけど、まるで効いていない――。

「これ、全部あなたが作ったんですよね？　私には通じませんが……下級魔族程度なら消し飛んでいましたよ？　いや、大したものです」

バージェルムが仮面の下で笑った。

「ふふ、ますますあなたを我らが陣営に引き入れたくなりました。とはいえ、今の『おいた』に対しては――お仕置きが必要ですね？」

魔族の全身から殺気がにじみ出る。

戦うしかない。

それから、十分ほどが経ち――、

「はあ、はあ、はあ……」

僕は体のあちこちから血を流しながら、なんとか立っていた。

やっぱり――バージェルムは強い。

「強すぎる……！」

奴が繰り出す魔法弾は、僕をいたぶるように痛めつけてくる。

そう、いたぶるようにだ。

どうやらバージェルムは僕をすぐに殺す気はないらしい。

「ほらほら、ちゃんと避けないと死んでしまいますよ？」

魔法弾が僕のすぐ側に着弾する。

といっても、僕が避けたわけじゃない。

バージェルムが、僕にぎりぎり当たらない場所に正確にコントロールして撃ち込んだのだ。

「うあぁぁぁぁぁぁっ……！」

爆風で吹っ飛ばされる僕。

「子どもといえど、容赦はしませんよ」

バージェルムの声音は冷たい。決して声を荒げはしないけれど、それが『静かな殺気』を感じさせて、ゾッとなった。

「あなたは私を殺すつもりで攻撃してきましたからね。こうして反撃されたときは、殺される覚悟も持っているはずですよね？」

「…………！」

恐怖がじわじわと胸の中を侵していく。

恐ろしい――。

これほどまでに『死』が間近に迫った戦いは初めてだ。

「ふふ、ご安心を。私はあなたが気に入っていますし、あなたの能力を高く評価しています。ここで殺すようなもったいない真似はしませんよ」

と、バージェルム。

「とはいえ、私に逆らった報いを受けてもらわなければいけません。今後の関係において、どちらが『上』か明確にしておかないと、ね」

どんっ！

今度は魔法弾が僕の腕をかすった。

「ぐああああああああああああっ……！」

かすっただけで、激しい痛みが駆け抜ける。

「さあ、まだまだお仕置きは続きますよ……あなたが完全に屈服し、私の前に跪くまで——ね」

「だ、誰が……！」

僕はうめいた。

前世でも、僕に精神的な圧力をかけてくる奴はいくらでもいた。

パワハラなんてしょっちゅう受けていた。

精神的に、完全に屈服していた。

逆らおうなんて、思いもしなかった。

でも、今の僕は違う。

大切なもののために。

譲れないもののために。

守りたいもののために。

「お前と戦う……！」

僕は、領主なんだ。

「見上げた心意気ですね。では、次は今の十倍の痛みを差し上げましょう――」

と、

「よく言ったぜ、アーク！」

どんっ！

横合いから飛んできた魔法弾がバージェルムを直撃した。

完全な不意打ちに、仰《の》け反《ぞ》るバージェルム。

「がはっ⁉」

さすがの高位魔族も予想外の攻撃に防御が間に合わなかったのか、多少のダメージを受けたらしい。

「この攻撃魔法は――」

「おい、一人で行っちまうなんて、そりゃねーだろ！」

「エリオット……⁉」

上空にエリオットが浮かんでいた。

さらに、

「エリオットだけじゃないぞ」

「【遠視】でここを見つけるのに時間がかかってしまい、申し訳ありません」

「この老骨も参上しましたぞ、アーク様」

リーシャ、ジルフェ、ゴードンまでがこの場にいる。

「アーク様、私も……魔族と戦えるほどの力はありませんが、アーク様を絶対お守りします」

「シエラ……！」

伯爵家のみんながいる。

いや、それだけじゃない。

「おっと、お前らだけに格好つけさせねーよ」

さらにパウル率いる自警団も駆けつけた。

「みんな……!?」

「あんたみたいなのでも、いちおう今までよりはマシな領主だからね。あんたがいなくなって、また嫌な人間が次の領主になったら困るわ」

と、ロクサーヌ。

「だから、あんたにはここにいてもらわないとね」

「みんな――！」

僕は感動した。

魔族の側に誘われていた僕を――こんな僕のために、わざわざ来てくれた。

村の敵として、人類の敵として、見捨てられても文句は言えない状況だったのに、みんなが来てくれた。

そして僕と同じく、この村を守るために体を張り、命を懸けようとしている。

みんな、この村を守りたいんだ。

みんなが僕を守ろうとしてくれるように、僕もみんなを守りたい。

だって、ここは僕の居場所なんだから。

みんながいるここが――僕の居場所なんだから。

「分かった。じゃあ全員で――」

僕はみんなを見回し、告げる。

「決戦だ！」

6章　無双領主

「くらえ！　【無敵爆発《むてきばくはつ》ボンバー】！」

エリオットがあいかわらずのネーミングセンスの爆裂呪文を放つ。

『爆発』と『ボンバー』って同じ意味じゃないか？　と思わなくもないけど、まあ、いいか……。

どごごごおおお、ごうんっ！

すさまじい爆発とともにバージェルムが後退する。

「この間より魔力が上がっている……!?」

「へへへ、今の俺様のテンションは最高潮だからな！　当然魔力もマックス絶好調だ！　魔族だろうが、魔王だろうが、ブッ飛ばしてやるぜぇっ！」

エリオットはその言葉通り絶好調のようだ。

さらに、

「【氷竜《ひょうりゅう》の矢】――」

魔族の背後からジルフェが大量の『氷の矢』を放った。

ずどどどどどっ……！

「ぐあああっ……」

無数の矢に貫かれ、バージェルムが苦鳴を上げる。

「よし、相手はひるんでいる！　次は私たちの番だ！」

リーシャが凛々しく叫んだ。

彼女と騎士隊が、そしてパウル率いる自警団が、四方からバージェルムを取り囲み、次々と剣や槍《やり》を繰り出す。

「くおおおっ、ざ、雑魚ども……次から次へと――」

今やっているのは完全に物量作戦だ。

一人一人の力では魔族にはとても敵わないけど、連続して波状攻撃をかけ、相手に体勢を立て直す隙を与えない。

――そうして、僕らの攻勢が三十分近く続いただろうか。

「ば、馬鹿な……魔族である俺が……この俺がぁぁぁっ！」

さすがのバージェルムもかなりボロボロに近づいていた。

身に着けた黒い外套はあちこちが裂け、仮面にもヒビが入っている。

いける――！

僕は勢い込んだ。

一撃必殺は無理でも、こうしてジリジリと削っていけば……いずれ倒せる！

「みんな、もうひと踏ん張りだ！　全員で連携して攻撃を！」

僕はみんなに指示を出した。


——ぞくり。


ふいに、背筋にすさまじい悪寒が通り抜けた。

「なんだ……!?」

嫌な予感がした。

理屈じゃない。僕の本能が、全力で警鐘を鳴らしている。

と、

「——なんちゃって」

ぱきん。

バージェルムの仮面が割れた。

その下から現れたのは、端正な青年の顔。

ただし、その表情は醜く歪んでいた。怒りと笑顔が複雑に入り乱れたような表情だ。

「まあ、確かにダメージは受けました。それは認めましょう。屈辱ですよ……いくら多人数が相手とはいえ、高位魔族である私が、人間ごときに……」

バージェルムの全身が震えている。

「ですから……ここからは本気で相手をして差し上げましょう。この屈辱を晴らすために……」

ご……ごごご……ごぉ……っ。

空気が、鳴動していた。

「一人残らず生かしては帰さんからな！　人間ごときが俺に傷を……この屈辱は、億倍にして返す！　この場にいる全員、肉片すら残さん！」

怒りを一気に爆発させるような絶叫だった。

ごうっ……！

バージェルムの全身から無形の力が弾ける。

その姿が陽炎《かげろう》のように揺らぎ、そして――。

一気に、数十メートルの巨体へと変身した。

全身が黒い甲殻に覆われた禍々しい四足獣。体のあちこちから、ふしゅーっ、と煙を吐き、口からは炎がもれている。

「な、何、あの姿は……!?」

シエラがおびえたような顔でその場にへたりこむ。

「魔獣だ……！」

僕はうめいた。

「魔獣に変身した……いや、あれこそがバージェルムの本来の姿なのか……!?」

体の震えが止まらない。

あの魔獣から感じ取れる魔力は——。

「今までのバージェルムの十倍以上……！　ま、まずい……！」

あんな化け物、もうどうしようもない。

仮に僕が【育成進化】で防衛設備を無数に作り上げても、そのすべてを一瞬で蹴散らすだろう。

「くっくっく、人間のランクでいうなら『Sランク魔獣』といったところか。こうなったらもう俺自身にも自分を制御できんぞ。魔力が尽きるまで暴れ回り、目にしたすべての物を破壊し、すべての人間を殺し尽くす——」

魔獣と化したバージェルムが告げる。

「俺の理性はまもなく消え失せる……くははは、貴様らはもう終わりだ……一人、のこら……ず……」

その言葉が途切れ、そして。

ぐるるるるるるぅぅぅぅぅぅぅぅぅぅぅおおおおおおおおおおおおおおおおおおおおおおおおおおおんっ！

雄たけびが響き渡る。

僕らを絶望に叩き落とすような咆哮《ほうこう》だった。

「魔獣になった奴がどこまでパワーアップしたか分からない。みんな、いったん逃げ――」

があううっ！

僕がみんなに警告しようとしたところで、魔獣がいきなり咆哮する。

その音響が破壊衝撃波と化して荒れ狂った。

「ちいっ、【メガシールド】！」

エリオットが防御魔法を発動する。最上級の対物理防御魔法だ。

僕らの前面に半透明の壁が出現し、衝撃波をさえぎった。

――いや。

ぴしり。ぴしり。ぴしり。

壁のあちこちに亀裂が走り、
ぱりいいいいいん。

甲高い音を立てて砕け散る。

「まじ!?　雄たけびを防ぐことすら――」

ごおおうっ！

さらに魔獣が火炎を吐き出した。

「【アクアシールド】」

ジルフェが水属性の防御魔法を発動した。

炎に強いのは水だ。

属性の相性もあり、水の壁が魔獣の火炎をなんとか防ぎきった。

けれど、今の一撃を受けただけでジルフェが作り出した『水の壁』は消滅していた。

「一発防ぐのが精一杯とは……」

ジルフェが珍しく苦い顔をしている。

「奴の攻撃力は桁が違う！　みんな、村の中に避難して！」

僕は叫んだ。

「ここは僕が食い止める！」

「えっ、アーク様!?」

シエラが僕を見つめる。

「駄目ですよ、アーク様……お一人で残るなんて、そんな！」

ごうっ！

彼女の言葉をかき消すように、僕の全身から無形の『圧』が突風となって吹き荒れた。

「っ!?」

「これは――」

「アーク様……!?」

「お、お前――」

シエラが、リーシャが、ジルフェが、エリオットが驚いたように目を見開いていた。

「僕が『力』を解放する」

僕はみんなを見回して言った。

訓練では一度も引き出せなかった魔族の力――。

けれど僕の中の本能が告げていた。

今ならやれる、と。

みんなを守りたい気持ちがバージェルムに対する敵意を極限まで高めている今なら――攻撃衝動と殺意に満ちた存在に……魔族そのものに、僕はなることができるだろう、と。

けれど、その強大な力を解放したとき、周囲がどれほどの巻き添えを食うか分からない。

「だから、全員逃げて。巻き込まれないように。これは――」

大きく息を吸い、叫ぶ。

「領主としての命令だ!」

僕が初めて出した『命令』だった。

ほどなくして、僕以外の全員が去っていった。

その場に残されたのは僕と魔獣バージェルムのみ。

「……ほう？　お前一人で立ち向かう気か」

魔獣がうなった。

「まだ話せたのか、バージェルム」

僕は魔獣を見つめる。

「理性がわずかに戻ってきた……とはいえ、すぐにまた消える……だろう……」

魔獣の声音は苦しげだった。

「いくら魔族の血を引いていようが……その力を……十全に発揮できないお前には……俺は、倒せん……」

「十全に発揮できない、か」

僕は深い息を吐きだした。

体が、震える。

震えが、止まらない。

怖くてたまらなかった。今からやろうとしていることを――その結果、どうなるのかを想像して。

「なんだ、怖いのか……？　やはり仲間と一緒に……戦った方がいいんじゃないのか……」

「仲間をここに残すわけにはいかないんだ」

僕は不安を振り払い、顔を上げた。

「巻き添えが怖いからな」

答える僕の声は、自分でも驚くほど冷え冷えとしていた。

心の芯が凍《い》てついているような感覚だ。

目の前の魔族を『生物』としてではなく、『殺すべき敵』と認識することで、自分の感情が、感性が、異様な冷徹さを帯びていく。

「今から僕はお前を抹殺《まっさつ》するだけの存在になる」

「何？」

魔獣がうなった。

「そんなつまらない冗談を言いに来たのか？」

「冗談なんかじゃない。僕は——なるよ」

全身の魔力を高める。

「——お前以上の化け物に」

同時にモフピーが僕の肩に乗り、その姿が変化する。

モコモコの可愛らしい妖精から、禍々しい魔竜の姿へと。

くおおお……んっ。

鳴き声とともに、僕の中に熱い何かが流れこむ。

それは、僕の中に宿るものを呼び覚ますためのトリガーとなった。

ごうっ！

次の瞬間、僕の体中から爆発的な魔力のオーラが立ち上る。

爆発的に魔力量が増大していくのが分かる。

地面が、震える。

大気が、震える。

「な、なんだと……⁉」

魔獣がうろたえた。

「馬鹿な！　いくら魔族の血を引いているとはいえ、たかが人間が……人間ごときが、こんな莫大な魔力を放出できるわけがない！」

が、奴の狼狽《ろうばい》をあざ笑うかのように、僕は魔力をさらに高めていく。

「ま、まだ上がる……そんな……あり得ない……⁉」


るおおおおおおおおおおおおおんっ……！

咆哮とともに――僕は、魔族の姿へと変化した。

黒い翼に尾、そして額や胸元には赤く禍々しい紋様。

魔竜となったモフピーは、僕の肩から離れて空中に浮いている。

まるで僕を見守るように。

「言ったはずだ。お前以上の化け物になる、と」

魔族の力を全開にすれば、僕は完全な魔族と化して二度と人間に戻れないかもしれない――。

それは、すさまじいまでの恐怖感だった。

けれど、僕の大切な人たちやこの村がバージェルムによって滅ぼされるよりはいい。

みんなが殺され、この場所が壊されるくらいなら――僕が、僕でなくなる方がまだマシだ。

そうだ、今こそ自分を捨てる覚悟でこの力を使う。

僕の中に眠る魔族の力と血を――全開にする！

「【魔力進化】」

ヴ……ヴヴヴ……。

僕の体に浮かぶ複数の紋様がいっせいに鳴動する。

同時に、膨大な知識が頭の中に流れこんできた。

魔族の力の本質、そしてその使い方が――。

この紋様は高位魔族だけが備えている魔力増幅回路だ。

そして、複数の紋様を同時に使用することで爆発的に魔力をブーストすることができる――。

僕はそうしてブーストした魔力を、さらに【育成進化】させた。

同時に、

「【身体進化】」

これで身体能力、魔法能力ともにパワーアップを果たしたわけだ。

純粋な魔族すら凌ぐほどの――いわば超魔族となった僕は、魔獣バージェルムと対峙する。

「き、貴様……」

僕の力を感じ取ったのか、魔獣は警戒した様子だ。

「増幅した魔力を、さらに【進化】させただと……そんなことが可能なのか……あ、ありえん……！」

「さあ、始めるぞ、バージェルム」

僕は魔獣を見据えた。

「化け物同士の殺し合いを」

告げて、地を蹴る。

それだけで十メートル以上飛び上がることができた。今の僕は呪文すら使わず、意思一つで自由に空を飛ぶこともできる。

「【ファイア】」

火球を放った。とりあえず、自分の力がどの程度までアップしているのか、その小手調べだ。

ぐごおおおおおうっ！

大爆発とともに、魔獣が大きく後退する。

「ただの下級呪文で……この俺がダメージを……！」

「なるほど、思った以上に魔力が上がってるな」

僕は眼下の魔獣を見下ろした。

「これなら戦える」

「ふ、ふざけるな……魔族の血を引いているとはいえ、人間ごときが……いい気になるなぁぁぁぁぁぁっ……ぐおおおおおおおおおおおおおんっ！」

雄たけびとともに魔獣の全身から無数の【光の矢】が飛んできた。

「【シールド】」

僕は防御結界を張って、それらをすべていなす。

「通じないよ」

るおおおおおおおおおおおおおんっ！

僕の声に魔獣は咆哮で答える。

激しい怒りのためか、また理性が消失したみたいだ。

「それでいい。なまじ人格があるより、完全なモンスターの方がやりやすいからな」

僕はふたたび魔力を高めた。

このまま全開攻撃で討伐してやる――。

僕と魔竜モフピーから光が立ち上った。その光が前面に集まり、無数の光の矢となって浮かび上がる。

「【ファランクス】」

さっきのお返しだ。

「射抜け」

放たれた光の矢は優に千本を超える。

るおんっ！

魔獣は前面に【シールド】を生み出した。

さっきとは逆の展開だ。

千を超える光の矢が【シールド】に衝突し、

ざしゅううっ……！

まるで紙切れのように簡単に貫き、魔獣の体に次々と突き立っていく。

ぐるるるあああああああああああっ！

魔獣が絶叫した。

光の矢と魔力の盾による攻防――。

なまじ互いに同じ攻防をしただけに、互いの魔力の差が露呈したのだろう。

「今ので分かった。魔力は僕の方が上だ」

ふたたび光の矢を生み出す僕。

「次は万を超える光の矢で射抜く」

僕は魔力をさらに高めた。

「圧倒的な魔力で――一方的に叩き潰す」

ふたたび僕と魔竜モフピーから魔力の輝きがあふれ、前方で融合する。それらが炎や風、雷などに変わり、次々と魔獣に叩きつけられ、着実に相手の生命力を削っていく。

「勝てる……！」

確かにバージェルムは強い。

けれど、魔族の血を覚醒させた僕の方が、明らかに上だ。このまま力押しで仕留めてやる――。


――どくんっ！


その瞬間、胸の中心が異様な勢いで鼓動を打った。

「な、なん……だ……!?」

全身が、熱い。

どうやら僕の体に浮かぶ『魔族の紋様』自体が熱を発しているみたいだ。その熱があっという間に体中に広がる。

「うあ……あぁぁぁぁ……っ」

全身が焼けるような苦痛があった。

「うう……くっ……ぅぅ……」

意識が薄れていく。


殺せ壊せ殴れ斬れ潰せ消し去れ滅ぼせ……。


声が響く。

紋様の中から、不気味な声が。

同時に、負の衝動が後から後から湧き上がってくるのを感じる。

まさか、これは――。

魔族としての衝動が僕の意識を塗りつぶそうとしているのか⁉

「まずい、このままじゃ――」


……どぐんっっっ！！！

その瞬間、僕の意識は暗転していく。

……気が付けば、僕は真っ黒い世界にいた。

光がいっさい差し込まない闇の中だ。

「僕は――」

意識が完全に魔族のそれに呑みこまれたんだろうか？

『僕』という自我は消えようとしているのか？

あるいはもう消えてしまったのか？

外の世界はどうなっているんだろう？

魔族になった僕が暴走して、周りを無差別に破壊している――なんて事態だけは避けなければならない。

何せ今の僕はバージェルム以上の戦闘能力があるんだ。

もし、暴走して村を破壊して回ったら……。

ゾッとなった。

「シエラたちが危ない目に遭うことだけは――絶対に止める！」

意志を高める。

殺せ壊せ殴れ斬れ潰せ消し去れ滅ぼせ……。


まただ。

僕の全てを黒く塗りつぶそうと、負の衝動が襲ってくる。

「違う……！」

僕は必死で否定した。

僕が力を求めたのは、こんな衝動を満たすためじゃない。

ただ、みんなを守りたかったんだ。

たとえ、僕自身が魔物に変わっても——。

「みんなは、絶対に守る！」

意志が、弾けた。

と——目の前に一筋の光が差した。

「えっ……？」

前方に大勢の人間がいる。

みんな、僕の見知った人たちだ。

「アーク様、私が側にいますよ」

シエラが優しく微笑んでくれる。

「へへっ、俺様も味方だからな！」

「お前は強い。こんな衝動に負けはしないさ」

エリオットとリーシャが勇気づけてくれる。

「あなたの意志を、ただ示せばよいのです」

「アーク様、ワシらに頼っていいのですぞ」

ジルフェとゴードンが道を指し示してくれる。

他のみんなも口々に僕に声をかけてくれる。

「そうだ、僕は――」

体の中から力があふれてくる。

光が、あふれてくる。

「そうか、この『光』を高めることこそが――」

己の中の魔族を制する力……！

その瞬間、視界が一気に明るくなった。

さっきまでの黒い空間はどこに行ったのか、元通りの現実世界だ。

ばちっ、ばちっ……！

見れば、僕の体に浮かぶ紋様が薄れ、火花を散らしている。まるで故障した機械がショートしているかのように。

あるいは、みんなの『光』が紋様の『闇』に作用し、破壊しようとしているのかもしれない。

そのおかげで、僕は『闇』から逃れ、意識を取り戻すことができた——そう考えると、しっくりくる。

「僕はもう——これ以上、闇には呑まれない」

さあ、今度こそ最終決着だ。

僕は魔獣に近づいていく。

ヴンッ……！

右手に巨大な剣を生み出した。

魔力を固めて作り出した剣で、刃が触れるだけで上級魔法を直撃させるのと同等の威力を発揮することができる。

魔獣が僕に向かって突進してきた。向こうも近接戦闘で仕留めようと考えたのだろう。

巨大な爪が、牙が、尾が、次々に叩きこまれる。

僕はそれらを大きく跳びながら避けてみせた。

「あいにく剣や体術の訓練も子どものころから受けているんだ。当たらないよ」

そして、剣を振るう。

ざしゅっ！　ざしゅしゅっ！

魔獣の全身を覆う黒い装甲を切り裂き、ダメージを与えていく。

「お、おのれ、こんな――」

また理性が戻ったのか、バージェルムが声を発した。

いや、これは単純に理性が戻ったというよりは――。

「おびえているのか、バージェルム」

「ま、待て……」

バージェルムの声が震えている。

恐怖の色を隠そうともせずに。

「わ、分かった……同じ魔族じゃないか。俺の負けでいい。だ、だから……もう、戦いはやめにしないか？」

「同じじゃないよ。僕はお前とは違う。破壊するためじゃない。殺すためじゃない。みんなを守るために戦う！」

叫んで、僕は魔力の剣を振るう。

ざんっ！

魔獣の前足を深々と切り裂き、動きを止めたところで魔力の剣を放り捨てた。

「モフピー、ありったけの魔力を、僕に。奴を完全に消し去る」

くおおお……んっ！

魔竜モフピーが鳴き声とともに、残りの魔力を放出する。それが僕の魔力と交じり合い、頭上に巨大な光球が生み出される。

「【魔法進化】」

さらにその魔法弾自体を【育成進化】させた。

ボウッ！

巨大な光球がさらに十倍ほどに膨れ上がった。

「ひ、ひいっ……」

バージェルムが息を呑む。

「馬鹿な……ま、ま、魔王級魔法か、それ以上の魔力を――」

「じゃあね、バージェルム」

僕が放った【進化魔法弾】が魔獣の巨体を呑みこみ、跡形もなく消し去った。

エピローグ

巨大な城の最上階で、二人の男が向かい合っていた。

「ジルフェか」

「はっ、ただいま戻りました」

ジルフェが壮年の男に恭しく一礼する。

精悍《せいかん》で威厳のある風貌に、がっしりとした筋肉質な体躯《たいく》。

国内有数の大貴族――フロマーゼ伯爵だ。

「あいつの様子はどうだ」

伯爵がジルフェにたずねる。

「魔族が現れた、という未確認情報が入っているが、本当か？」

「はい。高位魔族の『バージェルム』という個体です」

「高位魔族――おとぎ話の存在が本当にこの時代に現れた、か」

伯爵がうなる。

「アークはいかに対処した？」

「見事に討ち取りました」

伯爵の問いに答えるジルフェ。

「――ほう？」

伯爵はスッと目を細めた。

「では、アークが魔族の力に目覚めた、と？」

「はっ」

うなずき、顔を上げたジルフェは伯爵をまっすぐ見つめた。

「この目ですべて見届けました」

そう、戦場から離れた後、彼は【遠視】の魔法で戦場をすべて見ていたのだ。

そこで展開されていたのは、まさに人知を超えた死闘だった。

「奴はその力をどう扱うつもりだ？　お前にはどう見えた？」

「それが……魔族との戦いの後、アーク様はご自身の魔族の力を呼び出せなくなったようです」

ジルフェは述懐し、あのときのことを思い出す。

アークの全身に浮かんだ『紋様』が、彼に魔族としての力を呼び覚ました。

が、その力が――『闇』があまりにも深まりすぎて、彼の意識自体が魔族としての衝動に覆い隠されたようだ。

そこからふたたび意識を取り戻せたのは、アークの、人間としての『光』の意志があったからだろう。

が、アークの意志の『光』と紋様の『闇』が拮抗し、紋様自体に負荷がかかりすぎ――。

「『魔族の紋様』は完全に消滅していました。おそらく、アーク様は二度と魔族の力を発揮できないでしょう」

「むう……一度きりの覚醒だった、ということか」

伯爵が眉根を寄せた。

場合によっては、息子の持つ魔族の力を利用できるかとも考えていたのだろうが……その目論見は脆《もろ》くも崩れ去ったわけだ。

そのことにジルフェは安堵《あんど》する。

「とはいえ、またその力を取り戻さないとも限らん。あるいは何らかの理由で力を失くしたように見せかけているだけ、とも考えられる」

「はっ」

「高位魔族をも討ち滅ぼす力……上手く飼いならせば、我が益となろう。だが、持てあますようなら――」

伯爵の表情は険しい。

「監視を怠るな、ジルフェ」

「はっ」

ジルフェは恭しく一礼した。

※

「おかえりなさい、アーク様」

「ただいま、シエラ」

領主の館に戻ってきた僕はシエラに微笑んだ。

——魔族バージェルムとの激闘から三日が経っていた。

破壊された防衛設備を新たに作り直すために、僕は奔走している。

バージェルムによって、ほぼすべての設備が壊されてしまったため、一から作り直しなのだ。

その素材を手に入れ、運搬し、【育成進化】の魔法を使い——とこの三日間は魔力も体力も限界まで消耗するような毎日だった。

さすがに魔力が尽きてきたため、いったんここに戻ってきたのだ。

「いっぱい働いたからお腹すいちゃったよ」

「ふふ、すぐに食事を用意しますね。今日は料理メイドがお休みをいただいているので、代わりに私が」

にっこりと一礼して、シエラが部屋を出ていく。

ほどなくして厨房の方から美味しそうな匂いが漂ってくる。

空腹が刺激され、一気に加速していくようなこの匂い……ああ、たまらないなぁ。

同時に、僕は心地よい脱力感に包まれていた。

「日常が戻ってきたって感じだなぁ」

きっと他人から見れば、取るに足りないありふれた日常の時間。

けれど、それこそが何よりも貴重でかけがえのない幸せなんだと実感できる瞬間だった。


「はい、召し上がれ」

「いただきまーす！」

シエラの用意してくれた料理が五臓六腑《ごぞうろっぷ》に染みわたる。細胞の一つ一つが喜びの声を上げているような——そんな極上の愉悦だった。

「うう、美味しいよう……幸せぇ……」

「そんなに喜んでもらえると、私も作った甲斐があります」

「うん、シエラの料理は宇宙一だよう……」

僕は幸せに浸っていた。

と、

「よう、アーク。美味そうなもの食べてるじゃねーか」

やって来たのは、生意気そうな少年魔術師エリオットだ。

「俺、新しい必殺魔法思いついたんだ。お前にだけ特別に見せてやるぜ」

「へえ、すごいね、エリオット」

「名付けて【どんな奴でもボコボコにするギャラクティカマジックパンチ】だ！」

「……あ、うん、ネーミングにはツッコまないよ」

「見てろよ。次に魔族が出てきたときは俺一人で倒してやる！」

「頼もしいよ、エリオット」

僕はにっこりと笑って、小さな天才魔術師を見つめた。

「……お前一人に、背負わせねーからな」

「えっ」

「魔族相手に、結局お前は一人で戦った。それが悔しくて……」

エリオットの表情が歪む。

「次は俺がお前を守る……っ！」

言いながら、頬を赤らめ、そっぽを向くエリオット。

「めちゃくちゃ照れてるね」

僕はつい噴き出してしまった。

そんなところが可愛らしくて好感が持てるんだ。

「ありがとう、エリオット」

僕はにっこりと笑った。

「君のような友だちがいて、僕は幸せだよ」

「は、はあ⁉　な、な、何こっぱずかしーこと真顔で言ってんだよ！　恥ずかしいから言うなよ、そういうの！　あー恥ずかしい！」

『恥ずかしい』を連発しながら、エリオットは身もだえしていた。

エリオットだって僕のことを『友だち』だって呼ぶことがあるくせに……自分が言われると照れるタイプか。

「ふふ、エリオットさん、お顔がにやけていますよ」

シエラがクスクス笑う。

「に、にやけてねー！　俺様はにやけてねー！」

「うん、口元緩んでる」

僕もクスリと笑った。

「ううう……」

エリオットは怒ったような照れたような顔をしていて、それがまた微笑ましかった。


その日はゆっくりと休み、翌朝――。

僕の執務室にリーシャとパウルがやって来た。二人そろって来るなんて珍しい。

「実は村の新しい防衛体制を考えているんだ。パウルの自警団と私たち騎士隊の共同で」

リーシャがそう切り出した。

「自警団と？」

「ああ、魔族の襲来の後、パウルと相談してな」

「相談？」

僕は驚いて二人を見た。

「へえ、パウルと仲良くなってたんだ」

「別に仲良くはない」

リーシャはバッサリと切り捨てる。

「えっ、そうなの⁉」

隣でパウルが落ち込んでいた。彼がリーシャに惚れているのは明らかだからね。

たぶんみんな気づいていて、リーシャだけが気づいていない様子だけど……。

「ん？　少し言い方が悪かったか。お前と仲良くなった覚えはないが」

リーシャはパウルの肩をポンと叩き、

「まあ、その……お前がいると何かと頼もしいのは事実だ」

少しだけ照れたような様子で言った。

「ほ、本当か⁉」

たちまちパウルの表情がパッと輝いた。

「へへ、そうだろ？　俺は頼もしい男だからな。うん、どんどん頼ってくれていいぞ」

にやけている。

分かりやすいなぁ……僕は微笑ましい気分になった。

「私より強くなったら、もう少し頼ることにしよう」

リーシャがぴしゃりと言った。

「うう……いつか勝ってやる……俺のことを認めさせてやるからな……ううう」

まだまだ道は険しそうだけど……がんばれ、パウル。


午後になると今度はロクサーヌが訪ねてきた。

「今回は村を救ってくれて礼を言う」

会うなり、彼女は僕に一礼した。

「ロクサーヌが素直になった⁉」

思わず仰け反る僕。

「驚きすぎよ」

「いや、だって……もしかして、熱でも出た⁉」

「だから驚きすぎだって……まあ、いいけど」

言って、ロクサーヌは僕の側にいるジルフェに視線を向けた。

「パウルからこの間の一部始終は聞いているわ。あんたたちも、みんな命がけで戦ってくれたそうね」

「ここは私たちの村でもありますから」

ジルフェが一礼した。

「村に住むすべての方を守るために戦うのは当然です」

「……ふん」

そっぽを向いたロクサーヌの頬が少し赤い。

照れているのかな？

それとも、もしかしたらジルフェのことを――？

「ロクサーヌ、これを機に僕らも歩み寄れたらいいな、って思ってるんだ」

「えっ」

「今までの領主が君たちにしてきたことが消えるわけじゃない。君たちの、人間への疑念が簡単に消えるわけじゃないことも分かってる。それでも、少しずつでも――」

「歩み寄る、か」

「うん」

つぶやいたロクサーヌに、僕は笑顔でうなずいた。

「……考えておくわ」

彼女はぷいっとそっぽを向いた。

「べ、別にデレたわけじゃないいんだからねっ。あたしは、あんたに『つんでれ』とか、そういうのじゃないいんだからっ」

ん？　ツンデレなんて言葉、どうして知ってるんだろう？

誰か教えたのかな……。


今後の村の統治についていろいろと意見を交わした後、ロクサーヌは去っていった。

「そうそう、私からも言い忘れていたことがあります」

二人になり、ジルフェが僕に向き直った。

「ん？」

「このたびの戦い、お見事でした。そして――本当にお疲れさまでした、アーク様」

微笑む。

それは爽やかで、嬉しそうで、心からの笑顔に見えた。

「ジルフェも。一緒に戦ってくれてありがとう」

「いえいえ、私など大した役には立てませんでしたので」

ジルフェが首を左右に振る。

「そんなことないよ。ジルフェはいつも落ち着いてるし、側にいてくれるだけで安心できるんだ。今回だって――」

「今回は特にアーク様の功績が突出していますよ。お父様も驚いておられました」

「えっ、父上が?」

「先日、私が直接報告しましたので」

「父上は何か言っていた? 僕のこと」

たずねてみる。

追放されたとはいえ、やっぱり父から評価されたい気持ちは強い。

褒めてもらえたらいいな、なんて期待してしまう。

「伯爵は、その――」

ジルフェは一瞬口ごもった。

「今回のご活躍を大層お喜びですよ」

「そっか、父上が……」

僕はついにやけてしまった。

やっぱり、嬉しい。

「アーク様、上機嫌ですね」

ひと仕事を終えて執務室を出ると、廊下の向こうからシエラが歩いてきた。

「うん、ちょっといい話を聞いてさ。父上が僕のことを……」

僕はにっこりしながらシエラに言った。

「あ、どうせなら応接間でゆっくり話そうよ」

「はい、ぜひ！」

僕らは応接間に並んで腰かけた。

魔族との戦いは本当に大変だったし、自分自身の魔族の血を目覚めさせるという決断は勇気が必要だった。

でも、決断してよかった。

そして、勝つことができてよかった。

だからこそ今、こうして平和を謳歌できるんだ。

これからも僕は、僕が大切に思う人たちと一緒にこの村で生きていきたい。その平和を脅かす者がいるなら、僕の力で村を守りたい。

だって、僕は領主なんだから。

これが僕の、誇るべき仕事なんだ。

そして——。

隣にいるシエラを見ながら、あらためて思う。

ここはもう僕の居場所だ、と。
僕にとっての幸せは、きっとここにある。
そして、これからもずっと……。

【おしまい】

あとがき

はじめましての方ははじめまして、お久しぶりの方はお久しぶりです。六志麻あさです。

普段は『小説家になろう』等に掲載している作品からの書籍化が多いのですが、本作は『完全書き下ろし』になります。書き下ろしラノベひさびさだ～！

バトル寄りの作風が多い僕ですが、今回はスローライフものになります。以前から書いてみたかったので、このお話をくださったスターツ出版様には本当に感謝です。ありがたやありがたや……。普段とは勝手が違う部分もいろいろあったのですが、最初から最後まで楽しく書くことができました。

そんな本作の改稿や加筆にあたり、様々なアドバイスをくださった担当編集者のＩ様、とっても可愛らしいイラストの数々を描いてくださったｒｉｒｉｔｔｏ先生、お二方とも本当にありがとうございます。

さらに本書が出版されるまでに携わってくださった、すべての方々に感謝を捧げます。もちろん本書をお読みいただいた、すべての方々にも……ありがとうございました。

それでは、またどこかで皆様とお会いできることを祈って。

二〇二五年四月　六志麻《ろくしま》あさ

伯爵家八男はみんなの役に立ちたい！
～魔族の力とチート魔法【育成進化】で内政も防衛も無双しちゃいます！～

2025年4月25日　初版第1刷発行

著　者　六志麻あさ

発行人　菊地修一

発行所　スターツ出版株式会社

〒104-0031　東京都中央区京橋1-3-1　八重洲口大栄ビル7F
TEL　03-6202-0386（出版マーケティンググループ）
TEL　050-5538-5679（書店様向けご注文専用ダイヤル）
URL　https://starts-pub.jp/

印刷所　株式会社DNP出版プロダクツ

ISBN　978-4-8137-9446-2　C0093　Printed in Japan

[六志麻あさ先生へのファンレター宛先]
〒104-0031　東京都中央区京橋1-3-1　八重洲口大栄ビル7F
スターツ出版（株）　書籍編集部気付　六志麻あさ先生